LE CHATEAU

DES DÉSERTES.

En vente chez les mêmes Éditeurs.

Romans (Format in-8°).

ALEXANDRE DUMAS.

LE COMTE DE MONTE-CRISTO (2ᵉ édition), 12 vol............. 60 »
LES TROIS MOUSQUETAIRES (2ᵉ édition), 8 vol................ 40 »
VINGT ANS APRÈS (suite des *Trois Mousquetaires*. — 2ᵉ édition), 8 vol..................... 40 »
LA REINE MARGOT (2ᵉ éd.), 6 vol. 30 »
LE VICOMTE DE BRAGELONNE, (complément des Trois Mousquetaires et de Vingt ans après), 26 vol............. 156 »

GEORGE SAND.

LA PETITE FADETTE, 2 vol....... 12 »
LE CHATEAU DES DÉSERTES, 2 vol.. 12 »

LOUIS REYBAUD.

JÉROME PATUROT A LA RECHERCHE DE LA MEILLEURE DES RÉPUBLIQUES, 4 vol................ 20 »
ÉDOUARD MONCERON, 5 vol...... 25 »
LE COQ DU CLOCHER, 2 vol..... 10 »
CÉSAR FALEMPIN, 2 vol......... 10 »
PIERRE MOUTON, 2 vol 10 »
LE DERNIER DES COMMIS-VOYAGEURS (épuisé), 2 vol........ » »
MARIE BRONTIN, 2 vol.......... 12 »

PROSPER MÉRIMÉE.

CARMEN, 1 vol................ 6 »

JULES SANDEAU.

SACS ET PARCHEMINS, 2 vol..... 12 »
MADELEINE, 1 vol.............. 6 »
MADEMOISELLE DE LA SEIGLIÈRE, 2 vol..................... 12 »
MARIANNA, 2 vol.............. 10 »
LE DOCTEUR HERBEAU, 2 vol.... 10 »
VAILLANCE ET RICHARD, 1 vol... 5 »
UN HÉRITAGE, 2 vol........... 12 »
LA CHASSE AU ROMAN, 2 vol..... 12 »

ALPHONSE KARR

RAOUL DESLOGES, 2 vol........ 12 »

EUGÈNE SUE.

LA BONNE AVENTURE, 6 vol..... 36 »

L. VITET..

LES ÉTATS D'ORLÉANS, 1 vol.... 6 »

JULES JANIN.

LE CHEMIN DE TRAVERSE, 1 vol.. 3 50
LA RELIGIEUSE DE TOULOUSE, 2 vol...................... 12 »
LES GAITÉS CHAMPÊTRES (*sous presse*), 2 vol.......... 12 »
LA VIE LITTÉRAIRE (*sous presse*), 2 vol.................... 12 »

MADAME CHARLES REYBAUD.

GÉRALDINE, 2 vol.......... 10 »
LES DEUX MARGUERITE, 2 vol.... 12 »
SANS DOT, 2 vol............. 12 »
LE CADET DE COLOBRIÈRES, 2 v.. 12 »
CLÉMENTINE ET FÉLISE, 4 vol.... 24 »

EUGÈNE SCRIBE.

MAURICE, 1 vol.............. 6 »

CHARLES DIDIER.

ROME SOUTERRAINE, 2 vol....... 12 »
ROMANS DU MAROC, 4 vol....... 10 »

ARSÈNE HOUSSAYE.

MADAME DE FAVIÈRES, 2 vol..... 5 »

EDOUARD CORBIÈRE.

PELAÏO, 2 vol................ 5 »

MÉMOIRES DE MADEMOISELLE FLORE, des Variétés, écrits par elle-même (2ᵉ édition), 3 vol.. 12 »

Paris.—Typ. de Mᵐᵉ Vᵉ Dondey-Dupré, rue Saint-Louis, 46, au Marais.

LE CHATEAU

DES

DÉSERTES

PAR

GEORGE SAND.

2

PARIS.

MICHEL LÉVY FRÈRES, LIBRAIRES-ÉDITEURS

RUE VIVIENNE, 2 bis.

—

1851

IX.

L'UOM' DI SASSO.

IX.

L'uom' di sasso.

J'étais trop mécontent du résultat de mon entreprise pour me sentir disposé à faire de nouvelles questions sur le château mystérieux. Je renfermais ma curiosité comme une honte, le succès ne l'avait pas justifiée; mais elle n'en subsistait pas moins au fond de mon imagination, et je faisais de nouveaux projets pour la nuit suivante. En attendant, je résolus d'aller pousser une reconnaissance autour du château, pour me ménager les moyens de pénétrer nuitamment dans l'intérieur de la place, s'il était possible... Bah! me disais-je, tout est possible à celui qui veut.

J'allais sortir, lorsqu'un petit paysan, qui rôdait devant la porte, me regarda avec ce mélange de hardiesse et de poltronnerie qui caractérise les enfants de la campagne. Puis, comme j'observais sa mine à la fois espiègle et farouche, il vint à moi, et, me présentant une lettre, il me dit : « Regardez ça, si c'est pour vous. » Je lus mon nom et mon prénom tracés fort lisiblement et d'une main. élégante sur l'adresse. A peine-je eus-je fait un signe affirmatif, que l'enfant s'enfuit sans attendre ni questions ni récompense. Je courus à la signature, qui ne m'apprit rien d'officiel, mais à laquelle pourtant je ne me trompai pas. Stella et Béatrice ! les jolis noms ! m'écriai-je, et je rentrai dans ma chambre, assez ému, je le confesse.

« Le hasard, aidé de la curiosité, disait cette gracieuse lettre parfumée, a fait découvrir à deux petites filles fort rusées le nom de l'étranger qui a ramassé le nœud de ruban cerise. Des pas laissés sur la neige, coïncidant avec les avertissements de la belle chienne Hécate, ont prouvé à ces demoiselles que l'étranger était encore plus curieux que poli et prudent, et qu'il ne craignait pas de marcher sur les eaux pour surprendre les secrets d'autrui. Le sort en est jeté! Puisque vous voulez être initié à nos mystères, ô jeune présomptueux, vous le serez! Puissiez-vous ne pas vous en repentir et vous montrer di-

gne de notre confiance! Soyez muet
comme la tombe; la plus légère indiscré-
tion nous mettrait dans l'impossibilité de
vous admettre. Venez à huit heures du
soir (*solo e inosservato*) au bord du fossé, vous
y trouverez Stella et Béatrice. »

Tout le billet était écrit en italien et
rédigé dans le pur toscan que je leur avais
entendu parler. Je hâtai le dîner pour avoir
le droit de sortir à six heures, prétextant
que j'allais voir lever la lune sur le haut
des collines. En effet, je fis une course au-
delà du château, et à huit heures précises
j'étais au rendez-vous. Je n'attendis pas

cinq minutes. Mes deux charmantes châ-
telaines parurent, bien enveloppées et en-
capuchonnées. Je fus un peu inquiet, lorsque j'eus franchi l'escalier, d'en voir une
troisième sur laquelle je ne comptais pas.
Celle-là était masquée d'un *loup* de velours
noir et son manteau avait la forme d'un
domino de bal. — Ne soyez pas effrayé,
me dit la petite Béatrice en me prenant
sans façon par-dessous le bras, nous sommes trois. Celle-ci est notre sœur ainée. Ne
lui parlez pas, elle est sourde. D'ailleurs il
faut nous suivre sans dire un mot, sans
faire une question. Il faut vous soumettre
à tout ce que nous exigerons de vous, eus-

sions-nous la fantaisie de vous couper la
moustache, les cheveux et même un peu
de l'oreille. Vous allez voir des choses fort
extraordinaires et faire tout ce qu'on vous
commandera, sans hasarder la moindre
objection, sans hésiter, et surtout *sans rire*,
dès que vous aurez passé le seuil du sanctuaire. Le rire intempestif est odieux à
notre *chef*, et je ne réponds pas de ce qui
vous arriverait, si vous ne vous com-
portiez pas avec la plus grande dignité.

— Monsieur engage-t-il ici sa parole
d'honnête homme, dit à son tour Stella,

la seconde des deux sœurs, à nous obéir
dans toutes ces prescriptions? Autrement,
il ne fera point un pas de plus sur nos do-
maines, et ma sœur aînée que voici, et
qui est sourde comme la loi du destin, l'en-
chaînera jusqu'au jour, par une force magique, au pied de cet arbre où il servira
demain de risée aux passants. Pour cela il
ne faut qu'un signe de nous ; ainsi, parlez
vite, monsieur.

— Je jure sur mon honneur, et par le
diable, si vous voulez. d'être à vous corps
et âme jusqu'à demain matin.

— A la bonne heure, dirent-elles, et me

prenant chacune par un bras, elles m'en-
traînèrent dans un dédale obscur de bos-
quets d'arbres verts. Le domino noir nous
précédait, marchant vite, sans détourner
la tête. Une branche ayant accroché le
bas de son manteau, je vis se dessiner sur
la neige une jambe très fine et qui pourtant me parut suspecte, car elle était
chaussée d'un bas noir avec une floche de
rubans pareils retombant sur le côté, sans
aucun indice de l'existence d'un jupon.
Cette sœur aînée, sourde et muette, me fit
l'effet d'un jeune garçon qui ne voulait
pas se trahir par la voix et qui surveillait
ma conduite auprès de ses sœurs, pour

me remettre à la raison, s'il en était besoin.

Je ne pus me défendre du sot amour-propre de faire part de ma découverte, et j'en fus aussitôt châtié. — Pourquoi avez-vous manqué de confiance en moi ? disais-je à mes deux jeunes amies ; il n'était pas besoin de la présence de votre frère pour m'engager d'être auprès de vous le plus soumis et le plus respectueux des adeptes.

— Et vous, pourquoi manquez-vous à votre serment ? répliqua Stella d'un ton

sévère : allons, il est trop tard pour recu-
ler, et il faut employer les grands moyens
pour vous forcer au silence.

Elle m'arrêta, le domino noir se retourna malgré sa surdité, et présenta un
bandeau, qu'à elles trois elles placèrent
sur mes yeux avec la précaution et la dex-
térité de jeunes filles qui connaissent les
supercheries possibles du jeu de colin-
maillard. — On vous fait grâce du bail-
lon, me dit Béatrice ; mais, à la première
parole que vous direz, vous ne l'échapperez
pas, d'autant plus que nous allons trouver
mainforte, je vous en avertis. En atten-

dant, donnez-nous vos mains; vous ne serez pas assez félon, je pense, pour nous les retirer et pour nous forcer à vous les lier derrière le dos.

Je ne trouvais pas désagréable cette manière d'avoir les mains liées, en les enlaçant à celles de deux filles charmantes, et la cérémonie du bandeau ne m'avait pas révolté non plus; car j'avais senti se poser doucement sur mon front et passer légèrement dans ma chevelure deux autres mains, celles de la sœur aînée, lesquelles, dégantées pour cet office d'exécuteur des hautes-œuvres, ne me laissè-

rent plus aucun doute sur le sexe du personnage muet.

Je dois dire à ma louange, que je n'eus
pas un instant d'inquiétude sur les suites
de mon aventure. Quelque inexplicable
qu'elle fût encore, je n'eus pas le *provin-
cialisme* de redouter une mystification de
mauvais goût : je ne m'étais muni d'aucun
poignard, et les menaces de mes jolies si-
bylles ne m'inspiraient aucune crainte
pour mes oreilles ni même pour ma moustache. Je voyais assez clairement que j'a-
vais affaire à des personnes d'esprit, et le
souvenir de leurs figures, le son de leurs

voix, ne trahissaient en elles ni la méchan-
ceté ni l'effronterie. Certes, elles étaient
autorisées par leur père, qui sans doute me
connaissait de réputation, à me faire cet
accueil romanesque, et, ne le fussent-
elles pas, il y a autour de la femme pure je
ne sais quelle indéfinissable atmosphère de
candeur, qui ne trompe pas le sens exercé
d'un homme.

Je sentis bientôt, à la chaleur de la tem-
pérature et à la sonorité de mes pas, que
j'étais dans le château; on me fit monter
plusieurs marches, on m'enferma dans
une chambre, et la voix de Béatrice

me cria à travers la porte : « Préparez-
vous, ôtez votre bandeau, revêtez
l'armure, mettez le masque, n'oubliez
rien ! On viendra vous chercher tout à
l'heure. »

Je me trouvai seul dans un cabinet meu-
blé seulement d'une grande glace, de deux
quinquets et d'un sofa, sur lequel je vis
une étrange armure. Un casque, une cui-
rasse, une cotte, des brassards, des jam-
bards, le tout mat et blanc comme de la
pierre. J'y touchai, c'était du carton, mais
si bien modelé et peint en relief pour fi-
gurer les ornements repoussés, qu'à deux

pas l'illusion était complète. La cotte était
en toile d'encollage, et ses plis inflexibles
simulaient on ne peut mieux la sculpture.
Le style de l'accoutrement guerrier était
un mélange d'antique et de rococo, comme
on le voit employé dans les panoplies de
nos derniers siècles. Je me hâtai de revêtir
cet étrange costume, même le masque,
qui représentait la figure austère et cha-
grine d'un vieux capitaine, et dont les
yeux blancs, doublés d'une gaze à l'intérieur, avaient quelque chose d'effrayant.
En me regardant dans la glace, cette
gaze ne me permettant pas une vi-
sion bien nette, je me crus changé

en [pierre et je reculai involontairement.

La porte se rouvrit, Stella vint m'exa-
miner en silence, et en posant son doigt
sur ses lèvres. « C'est à merveille, dit-elle,
en parlant bas. L'*uom' di sasso* est effroya-
ble ! Mais n'oubliez pas les gants blancs...
Oh ! ceux-ci sont trop frais, salissez-les un
peu contre la muraille pour leur donner
un ton et des ombres. Il faut que, vu de
près, tout fasse illusion. Bien ! venez
maintenant. Mes frères vous attendent,
mais mon père ne se doute de rien. Allons,
comportez-vous comme une statue bien

raisonnable. N'ayez pas l'air de voir et d'entendre ! »

Elle me fit descendre un escalier dérobé, pratiqué dans l'épaisseur d'un mur énorme, puis elle ouvrit une porte en bas, et me conduisit à un siége où elle me laissa en me disant tout bas : « Posez-vous bien. Soyez artiste dans cette pose-là ! »

Elle disparut ; le plus grand silence régnait autour de moi, et ce ne fut qu'au bout de quelques secondes que la gaze de mon masque me permit de distinguer

les objets mal éclairés qui m'environnaient.

Qu'on juge de ma surprise : j'étais assis
sur une tombe ! Je faisais monument dans
un coin de cimetière éclairé par la lune.
De vrais ifs étaient plantés autour de moi,
du vrai lierre grimpait sur mon piédestal,
Il me fallut encore quelques instants pour
m'assurer que j'étais dans un intérieur
bien chauffé, éclairé par un clair de lune
factice. Les branches de cyprès qui s'entre-
laçaient au-dessus de ma tête me laissaient
apercevoir des coins de ciel bleu, qui n'é-
taient pourtant que de la toile peinte,

éclairée par des lumières bleues. Mais tout
cela était si artistement agencé, qu'il fallait un effort de la raison pour reconnaître
l'artifice. Étais-je sur un théâtre? Il y avait
bien devant moi un grand rideau de velours vert; mais, autour de moi, rien ne
sentait le théâtre. Rien n'était disposé pour
des effets de scène ménagés au spectateur.
Pas de coulisses apparentes pour l'acteur,
mais des issues formées par des masses
de branches vertes et voilant leurs extré-
mités par des toiles bleues perdues dans
l'ombre. Point de quinquets visibles; de
quelque côté qu'on cherchât la lumière,
elle venait d'en haut, comme des astres,

et, du point où l'on m'avait rivé sur mon
socle funéraire, je ne pouvais saisir son
foyer. Le plancher était caché sous un
grand tapis vert imitant la mousse. Les
tombes qui m'entouraient me semblaient
de marbre, tant elles étaient bien peintes
et bien disposées. Dans le fond, derrière
moi, s'élevait un faux mur qui ressemblait
à un vrai mur à s'y tromper. On n'avait
pas cherché ces lointains factices qui ne
font illusion qu'au parterre et contre les-
quels l'acteur se heurte aux profondeurs
de l'horizon. La scène dont je faisais partie
était assez grande pour que rien n'y cho-
quât l'apparence de la réalité. C'était une

vaste salle arrangée de façon à ce que je
pusse me croire dans une petite cour de
couvent, ou dans un coin de jardin des-
tiné à d'illustres sépultures. Les cyprès
semblaient plantés réellement dans de
grosses pierres qu'on avait transportées
pour les soutenir, et où la mousse du parc
était encore fraîche.

Donc je n'étais pas sur un théâtre, et
pourtant je servais à une représentation.
quelconque. Voici ce que j'imaginai : M. de
Balma était fou, et ses enfants essayaient
d'étranges fantaisies pour flatter la sienne.
On lui servait des tableaux appropriés à la

disposition lugubre ou riante de son cer-
veau malade, car j'avais entendu rire et
chanter la nuit précédente, quoiqu'on eût
déjà parlé de cimetière. J'entendis des
chuchottements, des pas furtifs et des frô-
lements de robe derrière les massifs qui
m'environnaient; puis la douce voix de
Béatrice, partant de derrière le rideau,
prononça ces mots : — *Il est temps!*...

Alors un chœur, formé de quelques voix
admirables, s'éleva de divers côtés, comme
si des esprits eussent habité ces buissons
de cyprès, dont les tiges se balançaient
sur ma tête et à mes pieds. J'arrangeai

ma pose de Commandeur, car je vis bien
qu'il y avait du don Juan dans cette affaire. Le chœur était de Mozart, et chan-
tait les admirables accords harmoniques
du cimetière : « *Di rider finirai, pria dell'au-*
rora. Ribaldo! audace! lascia ai morti la
pace! »

Involontairement je mêlai ma voix à
celle des fantômes invisibles ; mais je me
tus en voyant le rideau s'ouvrir en face de
moi.

Il ne se leva pas comme une toile de

théâtre, il se sépara en deux comme un vrai rideau qu'il était; mais il ne m'en dévoila pas moins l'intérieur d'une jolie petite salle de spectacle, ornée de deux rangées de belles loges décorées dans le goût de Louis XIV. Trois jolis lustres pendaient de la voûte; il n'y avait pas de rampe allumée, mais il y avait la place d'un orchestre. Le plus curieux de tout cela, c'est qu'il n'y avait pas un spectateur, pas une âme dans toute cette salle, et que je me trouvais poser la statue devant les banquettes.

— Si c'est là toute la mystification que

je subis, pensai-je, elle n'est pas bien
méchante. Reste à savoir combien de
temps on me laissera faire mon effet dans
le vide.

Je n'attendis pas longtemps. Don Juan et
Leporello sortirent du massif derrière moi,
et se mirent à causer. Leurs costumes,
admirables de vérité, de bon goût et
d'exactitude, ne me permirent pas de
reconnaître tout de suite les acteurs,
car Leporello surtout était rajeuni de
trente ans. Il avait la taille leste, la
jambe ferme, une barbe noire taillée en
collier andaloux, une résille qui cachait

son frond ridé ; mais, à sa voix, pou-
vais-je hésiter un instant ? C'était le vieux
Boccaferri devenu un acteur élégant
et alerte.

Mais ce beau don Juan, ce fier et poétique jeune homme qui s'appuyait négli-
gemment sur mon piédestal, sans dai-
gner tourner vers moi son visage, om-
bragé d'une perruque blonde et d'un large
feutre Louis XIII, à plume blanche, quel
était-il donc? Son riche vêtement semblait
emprunté à un portrait de famille. Ce n'é-
tait point un costume de fantaisie, un composé de chiffons et de clinquant : c'était

un véritable pourpoint de velours aussi court que le portaient les dandies de l'époque, avec des braies aussi larges, des passements aussi raides, des rubans aussi riches et aussi souples. Rien n'y sentait la boutique, le magasin de costumes, l'arrangement infidèle par lequel l'acteur transige avec les bourgeoises du public en modifiant l'extravagance ou l'exagération des anciennes modes, c'était la première fois que j'avais sous les yeux un vrai personnage historique dans son vrai costume et dans sa manière de le porter. Pour moi, peintre, c'était une bonne fortune. Le jeune homme était svelte et fait

au tour. Il se dandinait comme un paon,
et me donnait une idée beaucoup plus juste
de don Juan que ne me l'eût donnée le
beau Celio lui-même sur les planches, car
Celio y eût voulu mettre quelque chose de
hautain et de tragique qui outrepasse la
donnée du caractère... Mais tout à coup,
sur une observation poltronne de Leporello Boccaferri, il leva la tête vers moi,
statue, d'un air de nonchalante ironie, et
je reconnus Celio Floriani en personne.

Savait-il qui j'étais? Dans tous les cas,
mon masque ne lui permettait guère de
sourire à des traits connus, et, comme

la pièce me paraissait engagée avec un merveilleux sang-froid, je gardai ma pose immobile.

Quand le premier effet de la surprise et de la joie se fut dissipé, car, bien que je ne visse pas la Boccaferri, j'espérais qu'elle n'était pas loin, je prêtai l'oreille à la scène qui se jouait, afin de ne pas la faire manquer. Mon rôle n'était pas difficile, puisque je n'avais qu'un geste à faire et un mot à dire, mais encore fallait-il les placer à propos.

J'avais cru, d'après le chœur, où, faute

d'instruments, des voix charmantes rem-
plaçaient les combinaisons harmoniques
de l'orchestre, qu'il s'agissait de l'opéra de
Mozart rendu d'une certaine façon; mais
le dialogue parlé de Celio et de Boccaferri
me fit croire qu'on jouait la comédie de
Molière en italien. Je la savais presque par
cœur en français, je ne fus donc longtemps
à m'apercevoir qu'on ne suivait pas cette
version à la lettre, car dona Anna, vêtue
de noir, traversa le fond du cimetière,
s'approcha de moi comme pour prier sur
ma tombe, puis, apercevant deux prome-
neurs, elle se cacha pour écouter. Cette
belle dona Anna, costumée comme un Ve-

lasquez, était représentée par Stella. Elle
était pâle et triste, autant que son rôle le
comportait en cet instant. Elle apprit là que
c'était don Juan qui avait tué son père, car
le réprouvé s'en vanta presque, en raillant le
pauvre Leporello qui mourait de peur. Anna
étouffa un cri en fuyant. Leporello répondit
par un cri d'effroi, et déclara à son maître
que les âmes des morts étaient irritées de
son impiété, que, quant à lui, il ne traver-
serait pas cet endroit du cimetière, et
qu'il en ferait le tour extérieur plutôt que
d'avancer d'un pas. Don Juan le prit par
l'oreille et le força de lire l'inscription du
monument du Commandeur. Le pauvre

valet déclara ne savoir pas lire, comme
dans le libretto de l'opéra italien. La scène
se prolongea d'une manière assez piquante
à étudier, car c'était un composé de la
comédie de Molière et du drame lyrique
mis en action et en langage vulgaire, le
tout compliqué et développé par une troisième version que je ne connaisais pas,
et qui me parut improvisée. Cela faisait
un dialogue trop étendu et parfois trop
familier pour une scène qui se serait jouée
en public, mais qui prenait là une réalité
surprenante, à tel point que la convention
ne s'y sentait plus du tout par moments,
et que je croyais presque assister à un épi-

sode de la vie de don Juan. Le jeu des
acteurs était si naturel et le lieu où ils se
tenaient si bien disposé pour la liberté de
leurs mouvements, qu'ils n'avaient plus du
tout l'air de jouer la comédie, mais de se
persuader qu'ils étaient les vrais types du
drame.

Cette illusion me gagna moi-même,
quand je vis Leporello m'adresser l'invitation de son maître, et montrer à mon in-
flexion de tête une terreur non équivoque.
Jamais tremblement convulsif, jamais con-
traction du visage, jamais suffocation de
la voix et flagellement des jambes n'ap-

partinrent mieux à l'homme sérieusement
épouvanté par un fait surnaturel. Don
Juan lui-même fut ému, lorsque je répondis à son insolente provocation par le *oui*
funèbre. Un coup de tamtam dans la coulisse et des accords lugubres faillirent me
faire tressaillir moi-même. Don Juan conserva la tête haute, le corps raide, la flam-
berge arrogante retroussant le coin du
manteau ; mais il tremblait un peu, sa
moustache blonde se hérissait d'une hor-
reur secrète, et il sortit en disant : « Je
me croyais à l'abri de pareilles hallucina-
tions ; sortons d'ici ! » Il passa devant moi
en me toisant avec audace ; mais son œil

était arrondi par la peur, et une sueur froide baignait son front altier. Il sortit avec Leporello, et le rideau se referma pendant que les esprits reprenaient le chœur du commencement de la scène :

Di rider finirai, etc.

Aussitôt dona Anna vint me prendre par la main, et m'aidant à me débarrasser du masque, elle me conduisit au bord du rideau, en me disant de regarder avec précaution dans la salle. Le parterre de cette salle, qui n'était garni que d'une douzaine de fauteuils, d'une table chargée de papiers et d'un piano à queue, devenait, dans

les entr'actes, le foyer des acteurs. J'y vis
le vieux Boccaferri s'éventant avec un
éventail de femme, et respirant à pleine
poitrine comme un homme qui vient d'être
réellement très ému. Celio rassemblait des
papiers sur la table ; Béatrice, belle comme
un ange, en costume de Zerlina, tenait
par la main un charmant garçon encore
imberbe, qui me sembla devoir être Masetto. Un cinquième personnage, enveloppé
d'un domino de bal, qui retroussé sur sa
hanche, laissait voir une manchette de
dentelle sur un bas de soie noire, me tour-
nait le dos. C'était la troisième prétendue
demoiselle de Balma, *la sourde*, costumée

en Ottavio, qui m'avait intrigué dans le
jardin; mais était-ce là Cecilia? Elle me
paraissait plus grande, et cette tournure
dégagée, cette pose de jeune homme, ne
me rappelaient pas la Boccaferri, à laquelle
je n'avais jamais vu porter sur la scène les
vêtements de notre sexe.

J'allais demander son nom à Stella,
lorsque celle-ci mit le doigt sur ses lèvres
et me fit signe d'écouter.

— Pardieu! disait Bocaferri à Celio, qui
lui faisait compliment de la manière dont
il avait joué, on aurait bien joué à moins!

J'étais mort de peur, et cela tout de bon ;
car je n'avais pas vu la statue à la répétition
d'hier, et quoique j'aie coupé et peint moi-
même toutes les pièces d'armure, je ne me
représentais pas l'effet qu'elles produisent
quand elles sont revêtues. Savaltor posait
dans la perfection, et il a dit son *oui* avec
un timbre si excellent, que je n'ai pas reconnu le son de sa voix ; et puis, dans ce
costume, il me faisait l'effet d'un géant.
Où est-il donc cet enfant, que je le com-
plimente?

Boccaferri se retourna brusquement, et
vit derrière lui le jeune homme auquel il

s'adressait, occupé à mettre du rouge pour faire le personnage de Masetto. — Eh bien! quoi? s'écria Boccaferri, tu as déjà eu le temps de changer de costume?

— Comment, *mon vieux*, répondit le jeune homme, tu crois que c'est moi qui ai fait la statue? Tu ne te souviens pas de m'avoir vu dans la coulisse au moment où tu es revenu tomber à genoux, comme voulant fuir (au plus beau moment de ta frayeur!), et que tu m'as dit tout bas : Cette figure de pierre m'a fait vraiment peur?

— Moi, je t'ai dit cela? reprit Bocca-

ferri stupéfait, je ne m'en souviens pas.
Je te voyais sans te voir ; je n'avais pas
ma tête. Oui, j'ai eu réellement peur.
Je suis content, notre essai réussit, mes
enfants ; voilà que l'émotion nous gagne.
pour moi, c'est déjà fait ; et quand vous
en serez tous là, vous serez tous de grands
artistes !...

— Mais, vieux fou, dit Celio en souriant,
si ce n'était pas Salvador qui faisait la statue, qui était-ce donc ? Tu ne te le demandes pas ?

— Au fait, qui était-ce ? Qui diable a fait
cette statue ?

Et Boccaferri se leva tout effrayé en promenant des yeux hagards autour de lui.

— Le bonhomme est très impressionnable, me dit Stella ; il ne faudrait pas pousser plus loin l'épreuve. Nommez-vous avant de vous montrer.

X.

OTTAVIO.

X.

Ottavio.

— Maître Boccaferri ! criai-je en ou-
vrant doucement le rideau, reconnaissez-
vous la voix du commandeur ?

— Oui, pardieu ! je reconnais cette voix,

répondit-il; mais je ne puis dire à qui elle appartient. Mille diables ! il y a ici ou un revenant, ou un intrus ; qu'est-ce que cela signifie, enfants ?

— Cela signifie, mon père, dit Ottavio en se retournant et en me montrant enfin les traits purs et nobles de la Cecilia, que nous avons ici un bon acteur et un bon ami de plus. Elle vint à moi en me tendant la main. Je m'élançai d'un bond dans l'emplacement de l'orchestre; je saisis sa main que je baisai à plusieurs reprises, et j'embrassai ensuite le vieux Boccaferri qui me tendait les bras. C'était

la première fois que je songeais à lui
donner cette accolade dont la seule idée
m'eût causé du dégoût deux mois auparavant. Il est vrai que c'était la première
fois que je ne le trouvais pas ivre, ou sentant la vieille pipe et le vin nouveau.

Celio m'embrassa aussi avec plus d'effusion véritable que je ne l'y eusse cru
disposé. La douleur de son *fiasco* semblait
s'être effacée, et, avec, elle, l'amertume
de son langage et de sa physionomie.
« Ami, me dit-il, je veux te présenter à
tout ce que j'aime. Tu vois ici les quatre
enfants de la Floriani, mes sœurs Stella

et Béatrice, et mon jeune frère Salvator,
le Benjamin de la famille, un bon enfant
bien gai, qui pâlissait dans l'étude d'un
homme de loi, et qui a quitté ce noir métier de scribe, il y a deux jours, pour venir se faire artiste à l'école de notre père
adoptif, Boccaferri. Nous sommes ici pour
tout le reste de l'hiver sans bouger; nous
y faisons, les uns leur éducation, les autres leur stage dramatique. On t'expli-
quera cela plus tard : maintenant il ne
faut pas trop s'absorber dans les embras-
sades et les explications; car on perdrait
la pièce de vue, on se refroidirait sur
l'affaire principale de la vie, sur ce qui

passe avant tout ici, l'art dramatique!

— Un seul et dernier mot, lui dis-je en regardant Cecilia à la dérobée : pourquoi, cruels, m'aviez-vous abandonné? Si le plus incroyable, le plus inespéré des hasards ne m'eût conduit ici, je ne vous aurais peut-être jamais revus qu'à travers la rampe d'un théâtre ; car tu m'avais promis de m'écrire, Celio, et tu m'as oublié !

— Tu mens ! répondit-il en riant. Une lettre de moi, avec une invitation de notre cher hôte, le marquis, te cherche à Vienne

dans ce moment-ci. Ne m'avais-tu pas dit
que tu ne repasserais les Alpes qu'au printemps? Ce serait à toi de nous explïquer
comment nous te retrouvons ici, ou plutôt
comment tu as découvert notre retraite,
et pourquoi il a fallu que ces demoiselles
se compromissent jusqu'à t'écrire un billet
doux sous ma dictée pour te donner le
courage d'entrer par la porte au lieu de
venir rôder sous les fenêtres. Si l'aventure d'hier soir ne m'eùt pas mis sur tes
traces, si je ne les avais suivies, ce matin,
ces traces indiscrètes empreintes sur la
neige, et cela jusque chez le voiturin Volabù, où j'ai vu ton nom sur une caisse

placée dans son hangar, tu nous ména-
geais donc quelque terrible surprise?

— Moi? j'étais le plus sot et le plus inno-
cent des curieux. Je ne vous savais pas ici.
J'avais la tête échauffée par votre sabbat
nocturne, qui met en émoi tout le hameau,
et je venais tâcher de surprendre les ma-
nies de M. le marquis de Balma... Mais à
propos, m'écriai-je en éclatant de rire et
en promenant aussitôt un regard inquiet
et confus autour de moi, chez qui sommes-
nous ici? Que faites-vous chez ce vieux
marquis, et comment peut-il dormir pendant un pareil vacarme?

Toute la troupe échangea à son tour des regards d'étonnement, et Béatrice éclata de rire comme je venais de le faire.

Mais Boccaferri prit la parole avec beaucoup de sang-froid pour me répondre. — Le vieux marquis est un monomane, en effet, dit-il. Il a la passion du théâtre, et son premier soin, dès qu'il s'est vu riche et maître d'un beau château, ç'a été de recruter, par mon intermédiaire, la troupe choisie qui est sous vos yeux, et de la cacher ici en la faisant passer pour sa famille. Comme il est grand dormeur et passablement sourd, nous nous amusons à répéter sans qu'il nous gêne, et, au premier jour, nous ferons nos débuts devant lui; mais, comme il est censé pleurer la mort du généreux frère qui ne l'a fait son héritier que faute d'avoir songé à le déshériter, il nous a recommandé le plus grand mystère. C'est pour cela que personne ne sait à quoi nous passons nos nuits, et l'on aime mieux supposer que c'est à évoquer le diable qu'à nous occuper du plus vaste et du plus complet de tous les arts. Restez donc avec nous, Salentini, tant qu'il vous plaira, et, si la partie vous amuse, soyez associé à notre théâtre. Comme je fais la pluie et le beau temps ici, on n'y saura pas votre vrai nom. s'il vous plaît d'en changer. Vous passerez même, au besoin, pour un sixième enfant du marquis. C'est moi son bras droit et son factotum, qui choisis les sujets et qui les dirige. Vous voyez que je suis lié de vieille date avec ce bon seigneur, cela ne doit pas vous étonner : c'était un vieux ivrogne, et nous nous sommes connus au cabaret; mais nous nous sommes amendés ici, et, depuis que nous avons le vin à discrétion, nous sommes d'une sobriété qui vous charmera... Allons! nous oublions trop la pièce, et ce n'est pas dans un entr'acte qu'il faut se raconter des histoires. Voulez-vous faire jusqu'au bout le rôle de la statue? Ce n'est qu'une entrée de manége ; demain on vous donnera, dans une autre pièce, le rôle que vous voudrez, ou bien vous prendrez celui d'Ottavio, et Cecilia créera celui d'Elvire, que nous avions supprimé. Vous avez déjà compris que nous inventons un théâtre d'une nouvelle forme et complétement à notre usage. Nous prenons le premier scenario venu, et nous improvisons le dialogue, aidés des souvenirs du texte. Quand un sujet nous plait, comme celui-ci, nous l'étudions pendant quelques jours en le modifiant *ad libitum*.

Sinon, nous passons à un autre, et souvent nous faisons nous-mêmes le sujet de nos drames et de nos comédies, en laissant à l'intelligence et à la fantaisie de chaque personnage le soin d'en tirer parti. Vous voyez déjà qu'il ne s'agit pour nous que d'une chose, c'est d'être créateurs et non interprètes serviles. Nous cherchons l'inspiration, et elle nous vient peu à peu. Au reste, tout ceci s'éclaircira pour vous en voyant comment nous nous y prenons. Il est déjà dix heures, et nous n'avons joué que deux actes. *All'opra!* mes enfants! Les jeunes gens au décor, les demoiselles au manuscrit pour nous aider dans l'ordre des scènes, car il faut de l'ordre même dans l'inspiration. Vite, vite, voici un en-tr'acte qui doit indisposer le public.

Boccaferri prononça ces derniers mots d'un ton qui eût fait croire qu'il avait sous les yeux un public imaginaire rem-plissant cette salle vide et sonore. Mais il n'était pas maniaque le moins du monde. Il se livrait à une consciencieuse étude de l'art, et il faisait d'admirables élèves en cherchant lui-même à mettre en pratique des théories qui avaient été le rêve de sa vie entière.

Nous nous occupâmes de changer la scène. Cela se fit en un clin d'œil, tant les pièces du décor étaient bien montées, légères, faciles à remuer et la salle bien machinée. — Ceci était une ancienne salle de spectacle parfaitement construite et entendue, me dit Boccaferri. Les Balma ont eu de tout temps la passion du théâtre, sauf le dernier, qui est mort triste, ennuyé, parfaitement égoïste et nul, faute d'avoir cultivé et compris cet art divin. Le marquis actuel est le digne fils de ses pères, et son premier soin a été d'exhumer les décors et les costumes qui remplissaient cette aile de son manoir. C'est moi qui ai rendu la vie à tous ces cadavres gisant dans la poussière. Vous savez que c'était mon métier *là-bas*. Il ne m'a pas fallu plus de huit jours pour rendre la couleur et l'élasticité à tout cela. Ma fille, qui est une grande artiste, a rajeuni les habillements et leur a rendu le style et l'exactitude dont on faisait bon marché il y a cinquante ans. Les petites Floriani, qui veulent être artistes aussi un jour, l'aident en profitant de ses leçons. Moi, avec Celio, qui vaut dix hommes pour la promptitude d'exécution, l'adresse des mains et la rapidité d'intuition, nous avons imaginé de faire un théâtre dont nous pussions jouir nous-

mêmes, et qui n'offrit pas à nos yeux, dé-
sabusés à chaque instant, ces laids inté-
rieurs de coulisses pelées où le froid vous
saisit le cœur et l'esprit dès que vous y
rentrez. Nous ne nous moquons pas pour
cela du public, qui est censé partager nos
illusions. Nous agissons en tout comme si
le public était là; mais nous n'y pensons
que dans l'entr'acte. Pendant l'action, il
est convenu qu'on l'oubliera, comme cela
devrait être quand on joue pour tout de
bon devant lui. Quant à notre système de
décor, placez-vous au fond de la salle, et
vous verrez qu'il fait plus d'effet et d'illusion que s'il y avait un ignoble envers

tourné vers nous, et dont le public,
placé de côté, aperçoit toujours une
partie.

Il est vrai que nous employons ici, pour
notre propre satisfaction, des moyens naïfs
dont le charme serait perdu sur un grand
théâtre. Nous plantons de vrais arbres sur
nos planchers et nous mettons de vrais
rochers jusqu'au fond de notre scène. Nous
le pouvons, parce qu'elle est petite, nous
le devons même, parce que les grands
moyens de la perspective nous sont inter-
dits. Nous n'aurions pas assez de distance
pour qu'ils nous fissent illusion à nous-

mêmes, et le jour où nous manquerons de
l'illusion de la vue, celle de l'esprit nous
manquera. Tout se tient. L'art est
homogène , c'est un résumé magnifique de l'ébranlement de toutes nos
facultés. Le théâtre est ce résumé par
excellence, et voilà. pourquoi il n'y
a ni vrai théâtre, ni acteurs vrais, ou
fort peu, et ceux-là qui le sont ne sont pas
toujours compris, parce qu'ils se trouvent
enchâssés comme des perles fines au milieu de diamants faux dont l'éclat brutal
les efface.

— Il y a peu d'acteurs vrais, et tous de-

vraient l'être! Qu'est-ce qu'un acteur,
sans cette première condition essentielle
et vitale de son art? On ne devrait distinguer le talent de la médiocrité que par
le plus on moins d'élévation d'esprit des
personnes. Un homme de cœur et d'intelligence serait forcément un grand acteur,
si les règles de l'art étaient connues et
observées ; au lieu qu'on voit souvent le
contraire. Une femme belle, intelligente,
généreuse dans ses passions, exercée à la
grâce libre et naturelle, ne pourrait pas
être au second rang, comme l'a toujours
été ma fille, qui n'a pas pu développer sur
la scène l'âme et le génie qu'elle a dans

la vie réelle. Faute de se trouver dans un milieu assez artiste pour l'impressionner, elle a toujours été glacée par le théâtre, et vous la verrez pourtant ici, vous ne la reconnaîtrez point ! C'est qu'ici rien ne nous choque et ne nous contriste : nous élargissons par la fantaisie le cadre où nous voulons nous mouvoir, et la poésie du décor est la dorure du cadre.

— Oui, monsieur, continua Boccaferri avec animation, tout en arrangeant mille détails matériels sans cesser de causer, l'invraisemblance de la mise en scène, celle des caractères, celle du dialogue, et

. jusqu'à celle du costume, voilà de quoi

refroidir l'inspiration d'un artiste qui com-

prend le vrai et qui ne peut s'accommoder

du faux. Il n'y a rien de bête comme un

acteur qui se passionne dans une scène

impossible, et qui prononce avec éloquence

des discours absurdes. C'est parce qu'on

fait de pareilles pièces et qu'on les monte

par-dessus le marché avec une absurdité

digne d'elles, qu'on n'a point d'acteurs

vrais, et, je vous le disais, tous devraient

l'être. Rappelez-vous la Cecilia. Elle a trop

d'intelligence pour ne pas sentir le vrai;

vous l'avez vue souvent insuffisante, pres-

que toujours trop concentrée et cachant

son émotion, mais vous ne l'avez jamais
vue donner à côté, ni tomber dans le faux';
et pourtant c'était une pâle actrice. Telle
qu'elle était, elle ne déparait rien, et la
pièce n'en allait pas plus mal. Eh bien! je
dis ceci : que le théâtre soit vrai, tous les
acteurs seront vrais, même les plus mé-
diocres ou les plus timides ; que le théâtre
soit vrai, tous les êtres intelligents et courageux seront de grands acteurs ; et, dans
les intervalles où ceux-ci n'occuperont pas
la scène, où le public se reposera de l'émotion produite par eux, les acteurs secon-
daires seront du moins naïfs, vraisem-
blables. Au lieu d'une torture qu'on subit

à voir grimacer des sujets détestables, on éprouvera un certain bien-être confiant à suivre l'action dans les détails nécessaires à son développement. Le public se formera à cette école, et, au lieu d'injuste et de stupide qu'il est aujourd'hui, il deviendra consciencieux, attentif, amateur des œuvres bien faites et ami des artistes de bonne foi. Jusque-là, qu'on ne me parle pas de théâtre, car vraiment c'est un art quasi perdu dans le monde, et il faudra tous les efforts d'un génie complet pour le ressusciter.

— Oui, mon fils Celio! dit-il en s'a-

dressant au jeune homme qui attendait
pour faire commencer l'acte qu'il eût cessé
de babiller, ta mère, la grande artiste,
avait compris cela. Elle m'avait écouté et
elle m'a toujours rendu justice, en disant
qu'elle me devait beaucoup. C'est parce
qu'elle partageait mes idées qu'elle voulut
faire elle-même les pièces qu'elle jouait;
être la directrice de son théâtre, choisir
et former ses acteurs. Elle sentait qu'une
grande actrice a besoin de bons interlo-
cuteurs et que la tirade d'une héroïne n'est
pas inspirée quand sa confidente l'écoute
d'un air bête. Nous avons fait ensemble
des essais hardis, j'ai été son décorateur,

son machiniste, son répétiteur, son costu-
mier et parfois même son poète; l'art y
gagnait sans doute, mais non les affaires.
Il eût fallu une immense fortune pour vain-
cre les premiers obstacles qui s'élevaient
de toutes parts. Et puis le public ne sait
point seconder les nobles efforts, il aime
mieux s'abrutir à bon marché que de s'en-
noblir à grands frais.

Mais toi, Celio, mais vous, Stella,
Béatrice, Salvator, vous êtes jeunes, vous
êtes unis, vous comprenez l'art maintenant, et vous pouvez, à vous quatre,
tenter une rénovation. Ayez-en du moins

le désir, caressez-en l'espérance; quand
même ce ne serait qu'un rêve, quand
même ce que nous faisons ici ne serait
qu'un amusement poétique, il vous en
restera quelque chose qui vous fera supé-
rieurs aux acteurs vulgaires et aux supé-
riorités de ficelle. O mes enfants! laissez-
moi vous souffler le feu sacré qui me ra-
jeunit et qui m'a consumé en vain jusqu'ici, faute d'aliments à mon usage. Je
ne regretterai pas d'avoir échoué tonte
ma vie, en toutes choses, d'avoir été aux
aux prises avec la misère jusqu'à être forcé
d'échapper au suicide par l'ivresse! Non,
je ne me plaindrai de rien dans mon triste

passé, si la vivace postérité de la Floriani élève son triomphe sur mes débris, si Celio, son frère et ses sœurs réalisent le rêve de leur mère, et si le pauvre vieux Boccaferri peut s'acquitter ainsi envers la mémoire de cet ange !

— Tu as raison, ami, répondit Celio, c'était le rêve de ma mère de nous voir grands artistes ; mais pour cela, disait-elle, il fallait *renouveler l'art*. Nous comprenons aujourd'hui, grâce à toi, ce qu'elle voulait dire ; nous comprenons aussi pourquoi elle prit sa retraite à trente ans, dans tout l'éclat de sa force et de son génie, c'est-à-dire pourquoi elle était déjà dégoûtée du théâtre et privée d'illusions. Je ne sais si nous ferons faire un progrès à l'esprit humain sous ce rapport ; mais nous le tenterons, et, quoi qu'il arrive, nous bénirons tes enseignements, nous rapporterons à toi toutes nos jouissances ; car nous en aurons de grandes, et si les goûts exquis que tu nous donnes nous exposent à souffrir plus souvent du contact des mauvaises choses, du moins, quand nous toucherons aux grandes, nous les sentirons plus vivement que le vulgaire.

Nous passâmes au troisième acte, qui

était emprunté presque en entier au libretto italien. C'était une fête champêtre
donnée par don Juan à ses vassaux et à ses
voisins de campagne dans les jardins de
son château. J'admirai avec quelle adresse
le scenario de Boccaferri déguisait les im-
possibilités d'une mise en scène où manquaient les comparses. La foule était toujours censée se mouvoir et agir autour de
la scène où elle n'entrait jamais, et pour
cause. De temps en temps un des acteurs,
hors de scène, imitait avec soin des mur-
mures, des trépignements lointains. Derrière les décors, on fredonnait *pianissimo*
sur un instrument invisible un air de

danse tiré de l'opéra, en simulant un bal
à distance. Ces détails étaient improvisés
avec un art extrême, chacun prenant part
à l'action avec une grande ardeur et beaucoup de délicatesse de moyens pour seconder les personnages en scène, sans les
distraire ni les déranger. L'arrangement
ingénieux des coulisses étroites et sombres,
ne recevant que le jour du théâtre qui s'é-
teignait dans leurs profondeurs, permettait à chacun d'observer et de saisir tout ce
qui se passait sur la scène, sans troubler
la vraisemblance en se montrant aux personnages en action. Tout le monde était
occupé, et personne n'avait la faculté de

se distraire une seule minute du sujet, ce qui faisait qu'on rentrait en scène aussi animé qu'on en était sorti.

Je trouvai donc le moyen de m'utiliser activement, bien que n'ayant pas à paraître dans cet acte. Le scenario surtout était la chose délicate à observer; et si je ne l'eusse pas vu pratiquer à ces êtres intelligents, qui me communiquaient à mon insu leur finesse de perception, je n'aurais pas cru possible de s'abandonner aux hasards de l'improvisation sans manquer à la proportion des scènes, à l'ordre des entrées et des sorties, et à la

mémoire des détails convenus. Il paraît
que, dans les premiers essais, cette dif-
ficulté avait paru insurmontable aux Floriani ; mais Boccaferri et sa fille ayant
persisté, et leurs théories sur la nature
de l'inspiration dans l'art et sur la mé-
thode d'en tirer parti, ayant éclairé ce
mystérieux travail, la lumière s'était faite
dans ce premier chaos, l'ordre et la lo-
gique avaient repris leurs droits inalié-
nables dans toute opération saine de l'art,
et l'effrayant obstacle avait été vaincu
avec une rapidité surprenante. On n'en
était même plus à s'avertir les uns les
autres par des clins d'œil et des mots à

la dérobée comme on avait fait au commencement. Chacun avait sa règle écrite
en caractères inflexibles dans la pensée;
le brillant des à-propos dans le dialogue,
l'entraînement de la passion, le sel de
l'impromptu, la fantaisie de la divaga-
tion, avaient toute leur liberté d'allure,
et cependant l'action ne s'égarait point,
ou, si elle semblait oubliée un instant
pour être réengagée et ressaisie sur un
incident fortuit, la ressemblance de ce
mode d'action dramatique avec la vie
réelle (ce grand décousu, recousu sans
cesse à propos) n'en était que plus frap-
pante et plus attachante.

Dans cet acte, j'admirai d'abord deux talents nouveaux, Béatrice-Zerlina et Salvator-Masetto. Ces deux beaux enfants avaient l'inappréciable mérite d'etre aussi jeunes et aussi frais que leurs rôles, et l'habitude de leur familiarité fraternelle donnait à leur dispute un adorable caractère de chasteté et d'obstination enfantine qui ne gâtait rien à celui de la scène. Ce n'était pas là tout-à-fait pourtant l'intention du libretto italien, encore moins celle de Molière; mais qu'importe? la chose, pour être rendue d'instinct, me parut meilleure ainsi. Le jeune Salvador (le Benjamin, comme on l'apelait) joua comme

un ange. Il ne chercha pas à être comique,
et il le fut. Il parla le dialecte milanais,
dont il savait toutes les gentillesses et
toutes les naïves métaphores pour en
avoir été bercé naguère ; il eut un sentiment vrai des dangers que courait Zerline à se laisser courtiser par un liber-
tin ; il la tança sur sa coquetterie avec
une liberté de frère qui rendit d'autant
plus naturelle la franchise du paysan. Il sut
lui adresser ces malices de l'intimité qui
piquent un peu les jeunes filles quand elles
sont dites devant un étranger, et Béatrice
fut piquée tout de bon, ce qui fit d'elle une
merveilleuse actrice sans qu'elle y songeât.

Mais, à ce joli couple, succéda un couple plus expérimenté et plus savant, Anna et Ottavio. Stella était une héroïne pénétrante de noblesse, de douleur et de rêverie. Je vis qu'elle avait bien lu et bien compris le *Don Juan* d'Hoffmann, et qu'elle complétait le personnage du libretto en laissant pressentir une délicate nuance d'entraînement involontaire pour l'irrésistible ennemi de son sang et de son bonheur. Ce point fut touché d'une manière exquise, et cette victime d'une secrète fatalité fut plus vertueuse et plus intéressante ainsi, que la fière et forte fille du Commandeur pleurant

et vengeant son père sans défaillance et
sans pitié.

Mais que dirai-je d'Ottavio ? Je ne con-
cevais pas ce qu'on pouvait faire de ce
personnage en lui retranchant la musique qu'il chante ; car c'est Mozart seul
qui en a fait quelque chose. La Boccaferri avait donc tout à créer, et elle créa
de main de maître ; elle développa la
tendresse, le dévouement, l'indignation,
la persevérance que Mozart seul sait in-
diquer : elle traduisit la pensée du maître
dans un langage aussi élevé que sa musique ; elle donna à ce jeune amant la

poésie, la grâce, la fierté, l'amour surtout!... — Oui, c'est là de l'amour, me
dit tout à coup Celio en s'approchant
de mon oreille dans la coulisse comme s'il
eût répondu à ma pensée. Écoute et regarde la Cecilia, mon ami, et tâche d'oublier le serment que je t'ai fait de ne
jamais l'aimer. Je ne peux plus te répondre de rien à cet égard ; car je ne la
connaissais pas il y a deux mois ; je ne
l'avais jamais entendue exprimer l'amour,
et je ne savais pas qu'elle pût le ressentir.
Or, je le sais, maintenant que je la vois
loin du public qui la paralysait. Elle s'est
transformée à mes yeux, et, moi, je me

suis transformé aux miens propres. Je
me crois capable d'aimer autant qu'elle.
Reste à savoir si nous serons l'un à l'autre l'objet de cette ardeur qui couve en
nous sans autre but déterminé, à l'heure
qu'il est, que la révélation de l'art ; mais
ne te fie plus à ton ami, Adorno! et tra-
vaille pour ton compte sans l'appeler à ton
aide.

En parlant ainsi , Celio me tenait la
main et me la serrait avec une force con-
vulsive. Je sentis, au tremblement de
tout son être, que lui ou moi étions
perdus.

— Qu'est-ce que cela? nous dit Boccaferri en passant près de nous. Une dis-
traction? un dialogue dans la coulisse?
Voulez-vous donc faire envoler le dieu qui
nous inspire? Allons, don Juan, retrou-
vez-vous, oubliez Celio Floriani, et allons
tourmenter Masetto !

XI.

LE SOUPER

XI.

Le Souper.

Quand cet acte fut fini, on retourna
dans le parterre, lequel, ainsi que je l'ai
dit, était disposé en salle de repos ou d'é-
tude à volonté, et on se pressa autour
de Boccaferri pour avoir son sentiment

et profiter de ses observations. Je vis là
comment il procédait pour développer
ses élèves ; car sa conversation était un
véritable cours , et le seul sérieux et profond que j'aie jamais entendu sur cette
matière.

Tant que durait la représentation , il se
gardait bien d'interrompre les acteurs ,
ni même de laisser percer son contente-
ment ou son blâme , quelque chose qu'ils
fissent ; il eût craint de les troubler ou
de les distraire de leur but. Dans l'entr'acte, il se faisait juge ; il s'intitulait *pu-*

blic éclairé, et distribuait la critique ou
l'éloge.

— Honneur à la Cecilia! dit-il pour
commencer. Dans cet acte, elle a été supérieure à nous tous. Elle a porté l'épée
et parlé d'amour comme Roméo; elle
m'a fait aimer ce jeune homme dont le
rôle est si délicat. Avez-vous remarqué un
trait de génie, mes enfants? Écoutez. Celio, Adorno, Salvator, ceci est pour les
hommes; les petites filles n'y compren-
draient rien. Dans le libretto, que vous
savez tous par cœur, il y a un mot que je
n'ai jamais pu écouter sans rire. C'est

lorsque dona Anna raconte à son fiancé qu'elle a failli être victime de l'audace de don Juan, ce scélérat ayant imité, dans la nuit du meurtre du Commandeur, la démarche et les manières d'Ottavio pour surprendre sa tendresse. Elle dit qu'elle s'est échappée de ses bras, et qu'elle a réussi à le repousser. Alors don Ottavio, qui a écouté ce récit avec une piteuse mine, chante naïvement : *Respiro !* Le mot est bien écrit musicalement pour le dialogue, comme Mozart savait écrire le moindre mot, mais le mot est par trop niais. Rubini, comme un maître intelligent qu'il est, le disait sans expression

marquée, et en sauvait ainsi le ridicule :
mais presque tous les autres Ottavio que
j'ai entendus ne manquaient point de *res-
pirer* le mot à pleine poitrine, en levant
les yeux au ciel, comme pour dire
au public : « Ma foi ! je l'ai échappé
belle ! »

Eh bien ! Cecilia a écouté le récit d'Anna
avec une douleur chaste, une indignation concentrée, qui n'aurait prêté à rire
à aucun parterre, si impudique qu'il eût
été ! je l'ai vu pâlir, mon jeune Ottavio !
car la figure de l'acteur vraiment ému
pâlit sous le fard, sans qu'il soit néces-

saire de se retourner adroitement pour passer le mouchoir sur les joues, mauvaise *ficelle*, ressource grossière de l'art grossier. Et puis quand il a été soulagé de son inquiétude, au lieu de dire : *je respire !* il s'est écrié du fond de l'âme : *Oh !*

perdue ou sauvée, tu aurais toujours été à moi !

— Oui, oui, s'écria Stella, qui ne se piquait pas de faire la petite fille ignorante, et s'occupait d'être artiste avant tout ; j'ai été si frappée de ce mot, que j'ai senti comme un remords d'avoir été émue un instant dans les bras du perfide. J'ai aimé Ottavio, et vous allez voir, dans le qua-

trième acte, combien cette généreuse
parole m'a rendu de force et de fierté.

— Brava! bravissima! dit Boccaferri,
voilà ce qui s'appelle comprendre : un
entr'acte ne doit pas être perdu pour un
véritable artiste. Tandis qu'il repose ses
membres et sa voix, il faut que son intelligence continue à travailler, qu'il résume
ses émotions récentes, et qu'il se prépare
à de nouveaux combats contre les dangers et les maux de sa destinée. Je ne
me lasserai pas de vous le dire, le théâtre doit être l'image de la vie : de même
que, dans la vie réelle, l'homme se re-

recueille dans la solitude ou s'épanche
dans l'intimité, pour comprendre les évé-
nements qui le pressent, et pour trouver
dans une bonne résolution ou dans un
bon conseil la puissance de dénouer et
de gouverner les faits, de même l'acteur
doit méditer sur l'action du drame et sur
le caractère qu'il représente. Il doit cher-
. cher tous les jours, et entre chaque scène,
tous les développements que ce rôle com-
porte. Ici, nous sommes libres de la lettre, et l'esprit d'improvisation nous ouvre un champ illimité de créations déli-
cieuses. Mais, lors même qu'en public
vous serez esclaves d'un texte, un geste,

une expression de visage, suffiront pour rendre votre intention. Ce sera plus difficile, mes enfants, car il faudra tomber juste du premier coup, et résumer une grande pensée dans un petit effet : mais ce sera plus subtil à chercher et plus glorieux à trouver : ce sera le dernier mot de la science, la pierre précieuse par excellence que nous cherchons ici dans une mine abondante de matériaux variés, où nous puisons à pleines mains, comme d'heureux et avides enfants que nous sommes, en attendant que nous soyons assez exercés et assez habiles pour ne choisir que le plus beau diamant de la roche.

— Toi, Celio, continua Boccaferri qu'on
écoutait là comme un oracle, et contre
lequel le fier Celio lui-même n'essayait
pas de regimber, tu as été trop leste
et pas assez hypocrite. Tu as oublié que
la naïve et crédule Zerline était déjà as-
scz femme pour exiger plus de cajole-
ries et pour se méfier de trop de hardiesse. Tu n'as pas oublié que Béatrice
est ta sœur, et tu l'as traitée comme un
petit enfant que tu es habitué à caresser
sans qu'elle s'en fâche ou s'en inquiète.
— Sois plus perfide, plus méchant, plus
sec de cœur, et n'oublie pas que, dans
l'acte que nous allons jouer, tu vas te

faire tartufe... A propos! il nous man-
quait un père, en voici un; c'est M. Salentini qui nous tombe du ciel, et il
faut improviser la scène du père. C'est
du Molière. et c'est beau! Vite, enfants!
un costume de grand d'Espagne à M. Salentini. L'habit *Louis XIII* tirant encore sur
l'*Henri IV*, ancienne mode; grande fraise,
et la trousse violette, le pourpoint long,
peu ou point de rubans. Courez, Stella,
n'oubliez rien; vous savez que je n'ad-
mets pas le : *Je n'y a pas pensé* des jeunes
filles. Repassez-moi tous les deux, ajouta-t-
il en s'adressant à Celio et à moi, la scène
de Molière. Monsieur Salentini, il ne s'a-

git que de s'en rappeler l'esprit et de
s'en imprégner. Ne vous attachez pas
aux mots. Au contraire, oubliez-les entièrement : la moindre phrase retenue par
cœur est mortelle à l'improvisation...
Mais, mon Dieu! j'oublie que vous n'êtes
pas ici pour apprendre à jouer la comédie. Vous le ferez donc par complai-
sance, et vous le ferez bien, parce vous
avez du talent dans une autre partie, et
que le sentiment du vrai et du beau
sert à comprendre toutes les faces de
de l'art. *L'art est un*, n'est-ce pas?

— Je ferai de mon mieux pour ne dérouter personne, répondis-je, et je vous jure que tout ceci m'amuse, m'intéresse et me passionne infiniment.

— Merci, artiste ! s'écria Boccaferri en me tendant la main. Oh ! être artiste ! Il n'y a que cela qui mérite la peine de vivre !

— Nous, au décor ! dit-il à sa fille ; je n'ai besoin que de toi pour m'aider à placer l'intérieur du palais de don Juan. Que l'armure de la statue soit prête pour que M. Salentini puisse la reprendre bien vite pendant la scène de M. Dimanche ; et toi, Masetto, va te grimer pour faire ce vieux personnage. Celio. si tu as le malheur de causer dans la coulisse pendant cej acte, je serai mauvais comme je l'ai été dans la dernière scène du précédent : tu m'avais mis en colère, je n'étais plus lâche et poltron; et si je suis mauvais, tu le seras! C'est une grande erreur que de croire qu'un acteur est d'autant plus brillant que son interlocuteur est plus pâle : la théorie de l'individualisme, qui règne au théâtre plus que partout ailleurs, et qui s'exerce en ignobles jalousies de métier pour souffler la claque à un camarade, est plus perni-

cieuse au talent sur les planches que sur
toutes les autres scènes de la vie. Le théâtre est l'œuvre collective par excellence.
Celui qui a froid y gèle son voisin, et la
contagion se communique avec une dé-
sespérante promptitude à tous les autres. On veut se persuader ici-bas que
le mauvais fait ressortir le bon. On se
trompe, le bon deviendrait le parfait, le
beau deviendrait le sublime, l'émotion
deviendrait la passion, si, au lieu d'être
isolé, l'acteur d'élite était secondé et
chauffé par son entourage. A ce propos,
mes enfants, encore un mot, le dernier,
avant de nous remettre à l'œuvre ! Dans

les commencements nous jouions trop
longuement; maintenant que nous tenons
la forme et que le développement ne nous
emporte plus, nous tombons dans le dé-
faut contraire : nous jouons trop vite.
Cela vient de ce que chacun, sûr de
son propre fait, coupe la parole à son
interlocuteur pour placer la sienne.
Gardez-vous de la personnalité jalouse
et pressée de se montrer! gardez-
vous-en comme de la peste! On ne s'é-
claire qu'en s'écoutant les uns les autres.
Laissez même un peu divaguer la répli-
que, si bon lui semble : ce sera une occasion de vous impatienter tout de bon

quand elle entravera l'action qui vous
passionne. Dans la vie réelle, un ami
nous fatigue de ses distractions, un valet
nous irrite par son bavardage, une femme
nous désespère par son obstination ou ses
détours. Eh bien, cela sert, au lieu de
nuire, sur la scène que nous avons créée.
C'est de la réalité, et l'art n'a qu'à conclure. D'ailleurs, quand vous vous inter-
rompez les uns les autres, vous risquez
d'écourter une bonne réflexion qui vous
en eût inspiré une meilleure : vous faites
envoler une pensée qui eût éveillé en
vous mille pensées. Vous vous nuisez
donc à vous-même. Souvenez-vous du

principe : « Pour que chacun soit bon
et vrai, il faut que tous le soient, et
le succès qu'on ôte à un rôle, on l'ôte
au sien propre. Cela paraîtrait un ef-
froyable paradoxe hors de cette en-
ceinte; mais vous en reconnaîtrez la
justesse, à mesure que vous vous for-
merez à l'école de la vérité. D'ailleurs,
quand ce ne serait que de la bienveillance et de l'affection mutuelle, il faut
être frères dans l'art comme vous l'êtes
par le sang; l'inspiration ne peut être
que le résultat de la santé morale, elle
ne descend que dans les âmes généreuses, et un méchant camarade est

un méchant acteur, quoi qu'on en
dise! »

La pièce marcha à souhait jusqu'à la
dernière scène, celle où je reparus en
statue pour m'abîmer finalement dans
une trappe avec don Juan. Mais, quand
nous fûmes sous le théâtre, Celio, dont
je tenais encore la main dans ma main
de pierre, me dit en se dégageant et en
passant du fantastique à la réalité, sans
transition : — Pardieu ! que le diable
vous emporte ! vous m'avez fait manquer
la partie culminante du drame ; j'ai été
plus froid que la statue quand je devais

être terrifié et terrifiant. Boccaferri ne comprendra pas pourquoi j'ai été aussi mauvais ce soir que sur le théâtre impérial de Vienne. Mais moi, je vais vous le dire. Vous regardez trop la Boccaferri, et cela me fait mal. Don Juan jaloux, c'est imposible ; cela fait penser qu'il peut être amoureux, et cela n'est point compatible avec le rôle que j'ai joué ce soir ici et jusqu'à présent dans la vie réelle.

— Où voulez-vous en venir, Celio? répondis-je. Est-ce une querelle, un défi, une déclaration de guerre? Parlez, je fais appel à la vertu qui m'a fait votre ami

presque sans vous connaître, à votre franchise !

— Non, dit-il, ce n'est rien de tout cela.
Si j'écoutais mon instinct, je vous tor-
drais le cou dans cette cave. Mais je sens
que je serais odieux et ridicule de vous
haïr, et je veux sincèrement et loyale-
ment vous accepter pour rival et pour
ami quand même. C'est moi qui vous ai
attiré ici de mon propre mouvement et
sans consulter personne. Je confesse que
je vous croyais au mieux avec la duchesse de N..., car j'étais à Turin, il y a
trois jours, avec Cecilia. Personne, dans

ce village et dans la ville de Turin, n'a su
notre voyage. Mais nous, dans les vingt-
quatre heures que nous avons été près de
vous sans pouvoir aller vous serrer la
main, nous avons appris, malgré nous,
bien des choses. Je vous ai cru retombé
dans les filets de Circé ; je vous ai plaint
sincèrement, et comme nous passions devant votre logement pour sortir de la
ville, à cinq heures du matin, Cecilia
vous a chanté quelques phrases de Mozart
en guise d'éternel adieu. Malheureuse-
ment elle a choisi un air et des paroles
qui ressemblaient à un appel plus qu'à
une formule d'abandon, et cela m'a mis

en colère. Puis, je me suis rassuré en la
voyant aussi calme que si votre infidélité
lui était la chose du monde la plus indif-
férente; et, comme je vous aime, au fond,
j'étais triste en pensant à la femme qui
remplaçait Cecilia dans votre volage cœur.
Voyons, dites, qui aimez-vous et où allez-
vous? Ne couriez-vous pas après la duchesse en passant par le village des Désertes? Est-elle cachée dans quelque château voisin? Comment le hasard aurait-il
pu vous amener dans cette vallée, qui n'est
sur la route de rien? Si vous ne volez pas
à un rendez-vous donné par cette femme,
il est évident pour moi que vous êtes

venu ici pour *l'autre*, que vous avez
réussi à connaître sa retraite et sa nouvelle situation, si bien cachée depuis qu'elle
en jouit. C'est donc à vous d'être sincère,
monsieur Salentini. De qui êtes-vous ou
n'êtes-vous pas amoureux, et vis-à-vis de
qui prétendez-vous vous conduire en Ottavio ou en don Giovanni?

Je répondis en racontant succinctement
toute la vérité ; je ne cachai point que le
vedrai carino chanté par Cecilia sous ma fenêtre m'avait sauvé des griffes de la duchesse, et j'ajoutai pour conclure : — J'ai
été sur le point d'oublier Cecilia, j'en con-

viens, et j'ai tant souffert dans cette lutte,
que je croyais n'y plus songer. Je m'attendais si peu à vous revoir aujourd'hui, et
l'existence fantastique où vous me jetez
tout d'un coup est si nouvelle pour moi,
que je ne puis vous rien dire, sinon que
vous devenu naïf et amoureux, *elle* de-
venue expansive et brillante, son père devenu sobre et lucide d'intelligence, votre
château mystérieux, vos deux charmantes
sœurs, ces figures inconnues qui m'appa-
raissent comme dans un rêve, cette vie
d'artiste-grand-seigneur que vous vous
êtes créée si vite dans un nid de vautours
et de revenants, tandis que le vent siffle

et que la neige tombe au dehors, tout cela me donne le vertige. J'étais enivré, j'étais heureux tout à l'heure, je ne touchais plus à la terre; vous me rejetez dans la réalité, et vous voulez que je me résume. Je ne le puis. Donnez-moi jusqu'à demain matin pour vous répondre. Puisque nous ne pouvons ni ne voulons nous tromper l'un l'autre, je ne sais pas pourquoi nous ne resterions pas amis jusqu'à demain matin.

— Tu as raison, répondit Celio, et si nous ne restons pas amis toute la vie, j'en aurai un mortel regret. Nous cause-

rons demain au jour. La nuit est faite ici
pour le délire... Mais pourtant, écoute un
dernier mot de réalité que je ne peux dif-
férer. Mes charmantes sœurs, dis-tu, t'ap-
paraissent comme dans un rêve? Méfie-
toi de ce rêve! il y a une de mes sœurs
dont tu ne dois jamais devenir amoureux.

— Elle est mariée?

— Non : c'est plus grave encore. Réponds à une question qui ne souffre pas
d'ambages. Sais-tu le nom de ton père?

Je puis te demander cela, moi qui n'ai su que fort tard le nom du mien.

— Oui, je sais le nom de mon père, répondis-je.

— Et peux-tu le dire?

— Oui; c'est seulement le nom de ma mère que je dois cacher.

— C'est le contraire de moi. Donc ton père s'appelait?

— Tealdo Soavi. Il était chanteur au

théâtre de Naples. Il est mort jeune.

— C'est ce qu'on m'avait dit. Je voulais
en être certain. Eh bien! ami, regarde la
petite Béatrice avec les yeux d'un frère, car
elle est ta sœur. Pas de questions là-dessus.
Elle seule dans la famille a ce lien mystérieux avec toi, et il ne faut pas qu'elle le
sache. Pour nous, notre mère est sacrée,
et toutes ses actions ont été saintes. Nous
sommes ses enfants, nous portons son glorieux nom, il suffit à notre orgueil; mais,
quoi qu'il ait pu m'en coûter, je devais
t'avertir, afin qu'il n'y eût pas ici de mé-
prise. Quelquefois le sentiment le plus pur

est un inceste de cœur, qu'il ne faut pas couver par ignorance. Cette chaste enfant est disposée à la coquetterie, et peut-être un jour sera-t-elle passionnée par réaction. Sois sévère, sois désobligeant avec elle au besoin, afin que nous ne soyons pas forcés de lui dire ce que vous êtes l'un à l'autre. Tu le vois, Adorno, j'avais bien quelque raison pour m'intéresser à toi, et en même temps pour te surveiller un peu; car ce lien direct de ma sœur avec toi établit entre nous un lien indirect. Je serais bien malheureux d'avoir à te haïr!

— Eh bien! eh bien! nous cria Béatrice

en rouvrant la trappe, êtes-vous morts
tout de bon là-dessous? D'où vient que
vous ne remontez pas? On vous attend
pour souper.

La belle tête de cette enfant fit tressaillir mon cœur d'une émotion profonde.
Je compris pourquoi je l'avais aimée à la
· première vue, et, quand je me demandai
à qui elle ressemblait, je trouvai que ce
devait être à moi. Elle-même, par la suite,
en fit un jour très-naïvement la remarque.

J'étais donc, moi, aussi, un peu de la

famille, et cela me mit à l'aise. Quoi qu'on
en dise, il n'y a rien d'aussi poétique et
d'aussi émouvant que ces découvertes de
parenté que couvre le mystère; elles ont
presque le charme de l'amour.

Nous passâmes dans la salle à manger
comme l'horloge du château sonnait mi-
nuit. Le règlement portait qu'on soupe-
rait en costume. Il faisait assez chaud dans
les appartements pour que mon armure
de carton ne compromit pas ma santé,
et, quand on vit l'*uomo di sasso* s'asseoir
pour manger *cibo mortale* entre don Juan et
Leporello, il se fit une grande gaieté, qui

conserva pourtant une certaine nuance de fantastique dans les imaginations, même après que j'eus posé mon masque en guise de couvercle sur un pâté de faisans.

Ou mangea vite et joyeusement; puis, comme Boccaferri commençait à causer, Cecilia et Celio voulurent envoyer coucher *les enfants;* mais Béatrice et Benjamin résistèrent à cet avis. Ils ouvraient de grands yeux pour prouver qu'ils n'avaient point envie de dormir, et prétendaient être aussi robustes que les *grandes personnes* pour veiller. — Ne les contrarie pas, dit

Cecilia à Celio ; dans un quart d'heure, ils vont demander grâce.

En effet, Boccaferri que je voyais, avec admiration, mettre beaucoup d'eau dans son vin, entama l'examen de la pièce que nous venions de jouer, et la belle tête blonde de Béatrice se pencha sur l'épaule de Stella, pendant qu'à l'autre bout de la table, Benjamin commençait à regarder son assiette avec une fixité non équivoque. Celio, qui était fort comme un athlète, prit sa sœur dans ses bras et l'emporta comme un petit enfant ; Stella secouait son jeune frère pour l'emmener. Je pris un flambeau pour diriger leur marche dans les grandes galeries du château, et, tandis que Stella prenait ma bougie pour aller allumer celle de Benjamin, Celio me dit tout bas en me montrant Béatrice qu'il avait déposée sur son lit : Elle dort comme un loir. Embrasse-la dans ces ténèbres, ta petite sœur que tu ne dois peut-être jamais embrasser une seconde fois. Je déposai un baiser presque paternel sur le front pur de Béatrice, qui me répondit sans me reconnaître : Bonsoir, Celio ! puis elle ajouta sans ouvrir les yeux et avec un malin sourire : Tu diras à M. Salentini de ne pas faire de bruit pendant

le souper, crainte de réveiller **M.** le marquis de Balma !

Stella était revenue avec la lumière.
Nous mîmes sa jeune sœur entre ses mains
pour la déshabiller, puis nous allâmes
nous remettre à table. Stella revint bientôt
aussi, · rapportant ce délicieux costume
andaloux de Zerlina, qui devait être serré
et caché dans le magasin de costumes.

— Le mystère dont nous réussissons à
nous entourer, me dit Cecilia, donne un
nouvel attrait à nos études et à nos fêtes
nocturnes. J'espère que vous ne le trahi-

rez pas et que vous laisserez les gens du village croire que nous allons au sabbat toutes les nuits.

Je lui racontai les commentaires de mon hôtesse et l'histoire du petit soulier. — Oh ! c'est vrai, dit Stella ; c'est la faute de Béatrice, qui ne veut aller se coucher que quand elle dort debout. Cette nuit-là, elle était si lasse qu'elle a dormi avec un pied chaussé comme une vraie petite sorcière. Nous ne nous en sommes apperçues que le lendemain.

— Çà, mes enfants, dit Boccaferri, ne

perdons pas de temps à d'inutiles paroles.
Que jouons-nous demain ?

— Je demande encore *Don Juan* pour
prendre ma revanche, dit Celio ; car j'ai
été distrait ce soir et j'ai fait un progrès
à reculons.

— C'est vrai, répondit Boccaferri : à
demain donc *Don Juan*, pour la troisième
fois ! Je commence à craindre, Celio, que
tu ne sois pas assez méchant pour ce rôle ,
tel que tu l'as conçu dans le principe. Je
te conseille donc, si tu le sens autrement
(et le sentiment intime d'un acteur intel-

ligent est la meilleure critique du rôle qu'il

essaie), de lui donner d'autres nuances.

Celui de Molière est un marquis, celui

celui de Mozart un démon, celui d'Hoff-

mann un ange déchu. Pourquoi ne le

pousserais-tu pas dans ce dernier sens?

Remarque que ce n'est point une pure

rêverie du poète allemand, cela est in-

diqué dans Molière, qui a conçu ce mar-

quis dans d'aussi grandes proportions que

le Misanthrope et *Tartufe*. Moi, je n'aime pas

que *Don Juan* ne soit que le *dissoluto castigato*,

comme on l'annonce, par respect pour les

mœurs, sur les affiches de spectacle de la

Fenice. Fais-en un héros corrompu, un

grand cœur éteint par le vice, une flamme
mourante qui essaie en vain, par moments,
de jeter une dernière lueur. Ne te gêne
pas, mon enfant, nous sommes ici pour
interpréter plutôt que pour traduire.

Don Juan est un chef-d'œuvre, ajouta
Boccaferri en allumant un bon cigare de
la Havane (sa vieille pipe noire avait dis-
paru), mais c'est un chef-d'œuvre en plusieurs versions. Mozart seul en a fait un
chef-d'œuvre complet et sans tache ; mais,
si nous n'examinons que le côté littéraire,
nous verrons que Molière n'a pas donné à
à son drame le mouvement et la passion

qu'on trouve dans le libretto de notre
opéra. D'un autre côté, ce libretto est
écrit en style de libretto, c'est tout dire,
et le style de Molière est admirable. Puis,
l'opéra ne souffre pas les développements
de caractère, et le drame français y excelle.
Mais il manquera toujours à l'œuvre de
Molière la scène de dona Anna et le meurtre du Commandeur, ce terrible épisode
qui ouvre si violemment et si franchement
l'opéra ; le bal où Zerlina est arrachée des
mains du séducteur est aussi très dramatique; donc le drame manque un peu
chez Molière. Il faudrait refondre entièrement ces deux sujets l'un dans l'autre ;

mais, pour cela, il faudrait retrancher et
ajouter à Molière. Qui l'oserait et qui le
pourrait ? Nous seuls sommes assez fous
et assez hardis pour le tenter. Ce qui nous
excuse, c'est que nous voulons de l'action
à tout prix et retrouver ici, à huis-clos,
les parties importantes de l'opéra que vous
chanterez un jour en public. Et puis, de
douze acteurs, nous n'en avons que six ! Il
faut donc faire des tours de force.

Essayons demain autre chose. Que
M. Salentini fasse Ottavio, et que ma fille
crée cette fâcheuse Elvire, toujours fu-
rieuse et toujours mystifiée, que nous

avions fondue dans l'unique personnage d'Anna. Il faut voir ce que Cecilia pourra faire de cette jalouse. Courage, ma fille ! Plus c'est difficile et déplaisant, plus ce sera glorieux !

— Eh bien ! puisque nous changeons de rôle, dit Celio, je demande à être Ottavio. Je me sens dans une veine de tendresse, et don Juan me sort par les yeux.

— Mais qui fera don Juan ? dit Bocca-ferri.

— Vous ! mon père, répondit Cecilia.

Vous saurez vous rajeunir, et comme
vous êtes encore notre maître à tous, cet
essai profitera à Celio.

— Mauvaise idée ! où trouverais-je la
grâce et la beauté ? Regarde Celio ; il
peut mal jouer ce rôle : cette tournure, ce
jarret, cette fausse moustache blonde qui
va si bien à ses yeux noirs, ce grand œil
un peu cerné, mais si jeune encore, tout
cela entretient l'illusion ; au lieu qu'avec
moi, vieillard, vous serez tous froids et
déroutés.

— Non ! dit Celio, don Juan pouvait

fort bien avoir quarante-cinq ans, et tu ne paraissais pas aujourd'hui un Leporello plus âgé que cela. Je crois que je me suis fait trop jeune pour être un si profond scélérat et un roué si célèbre. Essaie, nous t'en prions tous.

— Comme vous voudrez, mes enfants ! et toi, Cecilia, tu seras Elvire?

— Je serai tout ce qu'on voudra pour que la pièce marche. Mais M. Salentini. ?

— Toujours statue à votre service.

— C'est un seul rôle, dit Boccaferri ; les rôles courts doivent nécessairement cumuler. Vous essaierez d'être Masetto, et le Benjamin, qui a beaucoup de comique, se lancera dans Leporello. Pourquoi non ? On le veillira et les grandes difficultés font les grands progrès.

— Il est donc convenu que je reviens ici demain soir ? demandai-je en faisant de l'œil le tour de la table.

— Mais oui, si personne ne vous attend ailleurs ? dit Cecilia en me tendant la main avec une bienveillance tranquille, qui n'était pas faite pour me rendre fier.

— Vous reviendrez demain matin habiter le château des Désertes, s'écria Boccaferri. Je le veux ! vous êtes un acteur très utile et très distingué par nature. Je vous tiens, je ne vous lâche pas. Et puis, nous nous occuperons de peinture, vous verrez ! La peinture en décors est la grande école de relief, de profondeur et de la lumière que les peintres d'histoire et paysage dédaignent, faute de la connaître, et faute aussi de la voir bien employée. J'ai mes idées aussi là-dessus, et vous verrez que vous n'aurez pas perdu votre temps à écouter le vieux Boccaferri. Et puis nos costumes et nos groupes vous inspireront des sujets ; il y a ici tout ce qu'il faut pour faire de la peinture, et des ateliers à choisir.

— Laissez-moi songer à cela cette nuit, dis-je en regardant Celio.et je vous répondrai demain matin.

— Je vous attends donc demain à déjeuner, ou plutôt je vous garde ici sur l'heure.

—Non, dis-je, je demeure chez un brave homme qui ne se coucherait pas cette nuit, s'il ne me voyait pas rentrer. Il croirait que je suis tombé dans quelque précipice, ou que les diables du château m'ont dévoré.

Ceci convenu, nous nous séparâmes. Celio m'aida à reprendre mes habits et voulut me reconduire jusqu'à mi-chemin de ma demeure ; mais il me parla à peine, et, quand il me quitta, il me serra la main tristement. Je le vis s'en retourner sur la neige, avec ses bottes de cuir jaune, son manteau de velours, sa grande rapière au côté, et sa grande plume agitée par la bise. Il n'y avait rien d'étrange comme de voir ce personnage du temps passé traverser la campagne au clair de la lune, et de penser que ce héros de théâtre était plongé dans les rêveries et les émotions du monde réel.

XII.

L'HÉRITIÈRE.

XII.

L'Héritière.

Je trouvai en effet mes hôtes fort effrayés
de ma disparition. Le bon Volabù m'avait
cherché dans la campagne et se disposait
à y retourner. Je sentis que ces pauvres
gens étaient déjà de vrais amis pour moi.

Je leur dis que le hasard m'avait fait rencontrer un des habitans du château en qui j'avais retrouvé une ancienne connaissance. La mère Peirecote, apprenant que j'avais fait la veillée au château, m'accabla de questions, et parut fort désappointée quand je lui répondis que je n'avais vu là rien d'extraordinaire.

Le lendemain, à neuf heures, je me rendis au château en prévenant mes hôtes que j'y passerais peut-être quelques jours et qu'ils n'eussent pas à s'inquiéter de moi. Celio venait à ma rencontre. — Tu as bien dormi ! me dit-il en me regardant, comme on dit ›dans le blanc des yeux.

— Je l'avoue, répondis-je› et c'est la première fois depuis longtemps. J'ai éprouvé un merveilleux bien-être, comme si j'étais arrivé au vrai but de mon existence, heureux ou misérable. Si je dois être heureux par vous tous qui êtes ici, ou souffrir de la part de plusieurs, il n'importe. Je me sens des forces nouvelles pour la joie comme pour la douleur.

— Ainsi, tu l'aimes ?

— Oui, Celio, et toi ?

— Eh bien ! moi je ne puis répondre aussi nettement. Je crois l'aimer et je n'en suis pas assez certain pour le dire à une femme que je respecte par-dessus tout, que je crains même un peu. Ainsi je me vois supplanté d'avance ! La foi triomphe aisément de l'incertitude.

— Pour peu qu'elle soit femme, repris-je, ce sera peut-être le contraire. Une conquête assurée a moins d'attraits pour ce sexe qu'une conquête à faire. Donc, nous restons amis ?

— Croyez-vous ?

— Je vous le demande ? Mais il me semble que nos rôles sont assez naturellement indiqués. Si je vous trouvais véritablement épris et tant soit peu payé de retour, je me retirerais. Je ne sais ce que c'est que de se comporter comme un larron avec le premier venu de ses semblables, à plus forte raison avec un homme qui se confie à votre loyauté ; mais vous n'en êtes pas là, et la partie est égale pour nous deux.

— Que savez-vous si je n'ai pas de l'espérance ?

— Si vous étiez aimé d'une telle femme, Celio, je vous estime assez pour croire que vous ne me souffririez pas ici, et vous savez qu'il ne me faudrait qu'une pareille confidence de votre part pour m'en éloigner à jamais; mais, comme je vois fort bien que vous n'avez qu'une velléité, et que je crois Mlle Boccaferri trop fière pour s'en contenter, je reste.

— Restez donc, mais je vous avertis que je jouerai aussi serré que vous.

— Je ne comprends pas cette expression.

Si vous aimez, vous n'avez qu'à le dire ainsi que moi, elle choisira. Si vous n'aimez pas, je ne vois pas quel jeu vous pouvez jouer avec une femme que vous respectez.

— Tu as raison. Je suis un fou. J'ai même peur d'être un sot. Allons! restons amis. Je t'aime, bien que je me sente un peu mortifié de trouver en toi mon égal pour la franchise et la résolution. Je ne suis guère habitué à cela. Dans le monde où j'ai vécu jusqu'ici, presque tous les hommes sont perfides, insolents ou couards sur le terrain de la galanterie. Fais donc la

cour à Cecilia ; moi, je verrai venir. Nous
ne nous engageons qu'à une chose : c'est à
nous tenir l'un l'autre au courant du résultat de nos tentatives pour épargner à
celui qui échouera un rôle ridicule. Puisque nous visons tous deux au mariage,
à la chose la plus honnête et la plus officielle du monde, l'honneur de la dame
n'exige pas que nous nous fassions mystère
de son choix. Quant aux lâches petits
moyens usités en pareil cas par les plus
honnêtes gens, la délation, la calomnie,
la raillerie, ou tout au moins la malveil-
lance à l'égard d'un rival qu'on veut sup-
planter, je n'en fais pas mention dans notre

traité. Ce serait nous faire une mutuelle injure.

Je souscrivis à tout ce que proposait Celio sans regarder en avant ni en arrière, et sans même prévoir que l'exécution d'un pareil contrat soulèverait peut-être de terribles difficultés.

— Maintenant, me dit-il en me faisant entrer dans la cour du château, qui était vaste et superbe, il faut que je commence par te conduire chez notre marquis... Puis il ajouta en riant : car ce n'est pas sérieusement que tu as demandé, hier au soir, chez qui nous étions ici?

— Si j'ai fait une sotte question, répondis-je, c'est de la meilleure foi du monde. J'étais trop bouleversé et trop enivré de me retrouver au milieu de vous pour m'inquiéter d'autre chose, et je ne me suis pas même tourmenté, en venant ici, de l'idée que je pourrais être indiscret ou mal venu à me présenter chez un personnage que je ne connais pas. A la vie que vous menez chez lui, je ne m'attendais même pas à le voir aujourd'hui. Sous

quel titre et sous quel prétexte vas-tu donc
me présenter?

— Oh! mais tu es fort amusant, répondit Celio en me faisant monter l'escalier
en spirale et garni de tapis d'une grande
tour. Voilà une mystification que nous
pourrions prolonger longtemps, mais tu
t'y jettes de trop bonne foi, et je ne veux
pas en abuser.

En parlant ainsi, il ouvrit la double porte
d'une salle ronde qui servait de cabinet de
travail au marquis, et il cria très-haut :

— Eh! mon cher marquis de Balma, voici
Adorno Salentini qui persiste à vous prendre pour un mythe, et qui ne veut être
désabusé que par vous-même.

Le marquis, sortant du paravant qui en-
veloppait son bureau, vint à ma rencontre
en me tendant les deux mains, et j'éclatai
de rire en reconnaissant ma simplicité.

« *Les enfants* pensaient, dit-il, que c'était
un jeu de votre part ; mais, moi, je voyais
bien que vous ne pouviez croire à l'iden-
tité du vieux malheureux Boccaferri de

Vienne et du facétieux Leporello de cette
nuit avec le marquis de Balma. Cela s'ex-
plique en quatre mots : j'ai eu des écarts
de jeunesse. Au lieu de les réparer et de
me ramener ainsi à la raison, mon père
m'a banni et déshérité. Mes prénoms sont
Pierre-Anselme *Boccadiferro*. Ce nom de
Bouche de fer est dans ma famille le partage
de tous les cadets, comme celui de Crisos-
tomo, *Bouche d'or*, est celui de tous les
aînés. Je pris pour tout titre mon nom de
baptême en le modifiant un peu, et je
vécus, comme vous savez, errant et malheureux dans toutes mes entreprises. Ce
n'était ni le courage ni l'intelligence qui

me manquaient pour me tirer d'affaire ;
mais j'étais un homme à illusions, comme
tous les hommes à idées. Je ne tenais pas
assez compte des obstacles. Tout s'écrou-
lait sur moi, au moment où, plein de génie
et de-fierté, j'apportais la clé de voûte à
mon édifice. Alors, criblé de dettes, pour-
suivi, forcé de fuir, j'allais cacher ailleurs
la honte et le désespoir de ma défaite ;
mais, comme je ne suis pas homme à me
décourager, je cherchais dans le vin une
force factice, et quand un certain temps
consacré à l'ivresse, à l'ivrognerie, si vous
voulez, m'avait réchauffé le cœur et l'esprit, j'entreprenais autre chose. On m'a

donc qualifié très généreusement en mille
endroits de *canaille* et d'*abruti*, sans se dou-
ter le moins du monde que je fusse par
goût l'homme le plus sobre qui existât.
Pour tomber dans cette disgrâce de l'opi-
nion, il suffit de trois choses : être pauvre, avoir du chagrin, et rencontrer un
de ses créanciers le jour où l'on sort du
cabaret.

« J'étais trop fier pour rien demander
à mon frère aîné, après avoir essuyé son
premier refus. Je fus assez généreux pour
ne pas le faire rougir en reprenant mon
nom et en parlant de lui et de son ava-

rice. J'oubliai même avec un certain plaisir que j'étais un patricien pour m'affer-
mir dans la vie d'artiste, pour laquelle j'é-
tais né. Deux anges m'assistèrent sans
cesse et me consolèrent de tout, la mère
de Celio et ma fille. Honneur à ce sexe !
il vaut mieux que nous par le cœur.

« J'étais à Vienne avec la Cecilia, il y a
deux mois, lorsque je reçus une lettre qui
me fit partir à l'heure même. J'avais conservé en secret des relations affectueuses
avec un avocat de Briançon qui faisait les
affaires de mon frère. Dans cette lettre, il
me donnait avis de l'état désespéré où se

trouvait mon aîné. Il savait qu'il n'existait pas de titre qui pût me déshériter. Il m'appelait chez lui, où il me donna l'hospitalité jusqu'à la mort du marquis, laquelle eut lieu deux jours après sans qu'une parole d'affection et de souvenir pour moi sortît de ses lèvres. Il n'avait qu'une idée fixe, la peur de la mort. Ce qui adviendrait après lui ne l'occupait point.

« Dès que je me vis en possession de mon titre et de mes biens, grâce aux conseils de mon digne ami, l'avocat de Briançon, je me tins coi, je fis le mort ; je ne révélai à personne ma nouvelle situation, et je restai enfermé, quasi caché dans mon château, sans faire savoir sous quel nom j'avais été connu ailleurs. Je continuerai à agir ainsi jusqu'à ce que j'aie payé toutes les dettes que j'ai contractées durant cinquante années de ma vie; alors en même temps qu'on dira : « Cette vieille brute de Boccaferri est devenu marquis et quatre fois millionnaire, » on pourra dire aussi : « Après tout, ce n'était pas un malhonnête homme; car il n'a fait banqueroute à personne, pas même à ses amis. »

« J'avoue que je n'avais jamais perdu l'espoir de recouvrer ma liberté et mon

honneur en m'acquittant de la sorte. Je
ne comptais pas sur l'héritage de mon
frère. Il me haïssait tant que j'aurais juré
qu'il avait trouvé un moyen de me dépouil-
ler après sa mort; mais moi, toujours artiste et toujours poète, je n'avais pas cessé
de me flatter que le succès couronnerait
enfin mes entreprises. Aussi je n'avais jamais fait une dette ni une banqueroute
sans en consigner le chiffre et sans en conserver le détail et les circonstances. Dans
les dernières années, comme j'étais de
plus en plus malheureux, je buvais davantage et j'aurais bien pu perdre ou
embrouiller toutes ces notes, si ma

fille ne les eût rangées et tenues avec soin.

« Aussi maintenant sommes-nous à même de nous réhabiliter. Nous consacrons à ce travail, ma fille et moi, une heure tous les jours, avant le déjeûner. Tandis que notre avocat de Briançon vend une partie de nos immeubles et prépare la liquidation générale, nous tenons la correspondance au nom de Boccaferri, et, dans toutes les contrées où nous avons vécu, nous cherchons nos créanciers. Il y en a peu qui ne répondent à notre appel. Ceux qui m'ont obligé avec la pensée de le faire gratuitement sont remboursés

aussi malgré eux. Dans un mois, je crois
que nous aurons terminé ce fastidieux
travail et que notre tâche sera accomplie.
C'est alors seulement qu'on saura la vérité
sur mon compte. Il nous restera encore
une fortune très-considérable et dont j'espère que nous ferons bon usage. Si j'é-
coutais mon penchant, je donnerais à
pleines mains, sans trop savoir à qui;
mais j'ai trop fréquenté les paresseux et
les débauchés, j'ai eu trop affaire aux es-
crocs de toute espèce pour ne pas savoir
un peu distinguer. Je dois mon aide aux
mauvaises têtes, mais non aux mauvais
cœurs.

« D'ailleurs, ma fille a pris la gouverne
de ma fortune, et, pour ne plus faire de
folies, je lui ai tout abandonné. Elle fera
aussi des folies généreuses, mais elle n'en
fera pas de sottes et de nuisibles. Tenez,
ajouta-t-il en tirant deux ailes du paravent qui nous cachait la moitié de la table, voyez : voici la femme de cœur et de
conscience entre toutes! Rien ne la re-
bute, et cette âme d'artiste sait s'astrein-
dre au métier de teneur de livres pour
sauver l'honneur de son père! »

Nous vîmes la Cecilia penchée sur le
bureau, écrivant, rangeant, cachetant et

pliant avec rapidité, sans se laisser distraire par ce qu'elle entendait. Elle était
pâle de fatigue, car cette double vie d'artiste et d'administrateur devait briser ce
corps frêle et généreux; mais elle était
calme et noble, comme une vraie châte-
laine, dans sa robe de soie verte. Je m'a-
perçus qu'elle avait coupé tout de bon ses
longs cheveux noirs. Elle avait fait gaie-
ment ce sacrifice pour pouvoir jouer les
rôles d'homme, et cette chevelure, bou-
clée sur le cou et autour du visage, lui
donnait quelque chose d'un jeune apprenti
artiste de la renaissance; elle avait trop
de mélancolie dans l'habitude de la physio-

nomie pour rappeler le page espiègle ou le
seigneur enfant du manoir. L'intelligence
et la fierté régnaient sur ce front pur, tandis que le regard modeste et doux semblait
vouloir abdiquer tous les droits du génie
et tous les rêves de la gloire.

Elle sourit à Celio, me tendit la main,
et referma le paravent pour achever sa
besogne.

— Vous voilà donc dans notre secret,
reprit le marquis. Je ne puis le placer en
de meilleures mains; je n'ai pas voulu at-

tendre un seul jour pour en faire part à
Celio et aux autres enfants de la Floriani. J'ai dû tant à leur mère! mais ce
n'est pas avec de l'argent seulement que
je puis m'acquitter envers celle qui ne m'a
pas secouru seulement avec de l'argent;
elle m'a aidé et soutenu avec son cœur,
et mon cœur appartient à ce qui survit
d'elle, à ces nobles et beaux enfants qui
sont désormais les miens. La Floriani
n'avait laissé qu'une fortune aisée. Entre
quatre enfants, ce n'était pas un grand
développement d'existence pour chacun.
Puisque la Providence m'en fournit les
moyens, je veux qu'ils aient les coudées

plus franches dans la vie, et je les ai tout
de suite appelés à moi pour qu'ils ne me
quittent que le jour où ils seront assez
forts pour se lancer sur la grande scène
de la vie comme artistes; car c'est la
plus haute des destinées, et, quelle que
soit la partie que chacun d'eux choisira, ils
auront étudié la synthèse de l'art dans
tous ses détails auprès de moi.

— Passez-moi cette vanité; elle est in-
nocente de la part d'un homme qui n'a
réussi à rien et qui n'a pas échoué à
demi dans ses tentatives personnelles. Je
crois qu'à force de réflexions et d'expé-

riences je suis arrivé à tenir dans mes mains la source du beau et du vrai. Je ne me fais point illusion; je ne suis bon que pour le conseil. Je ne suis pas cependant un *professeur* de *profession*. J'ai la certitude qu'on ne fait rien avec rien, et que l'enseignement n'est utile qu'aux êtres richement doués par la nature. J'ai le bonheur de n'avoir ici que des élèves de génie, qui pourraient fort bien se passer de moi; mais je sais que je leur abrégerai des lenteurs, que je les préserverai de certains écarts, et que j'adoucirai les supplices que l'intelligence leur prépare. Je manie déjà l'âme de Stella, je tâte plus

délicatement Salvator et Béatrice, et,
quant à Celio, qu'il réponde si je ne lui
ai pas fait découvrir en lui-même des res-
sources qu'il ignorait.

— Oui, c'est la vérité, dit Celio, tu
m'a appris à me connaître. Tu m'as rendu
l'orgueil en me guérissant de la vanité.
Il me semble que, chaque jour, ta fille
et toi vous faites de moi un autre homme.
Je me croyais envieux, brutal, vindicatif,
impitoyable : j'allais devenir méchant
parce que j'aspirais à l'être ; mais vous
m'avez guéri de cette dangereuse folie,
vous m'avez fait mettre la main sur mon

propre cœur. Je ne l'eusse pas fait en vue
de la morale, je l'ai fait en vue de l'art, et
j'ai découvert que c'est de là (et en parlant
ainsi Celio frappa sa poitrine) que doit sortir le talent.

J'étais vivement ému ; j'écoutais Celio
avec attendrissement ; je regardais le
marquis de Balma avec admiration. C'é-
tait un autre homme que celui que j'avais
connu ; ses traits même étaient changés.
Était-ce là ce vieux ivrogne trébuchant
dans les escaliers de théâtre, accostant
les gens pour les assommer de ses théories vagues et prolixes, assaisonnées d'une

insupportable odeur de rhum et de tabac?

Je voyais en face de moi un homme bien

conservé, droit, propre, d'une belle et no-

ble figure, l'œil étincelant de génie, la

la barbe bien faite, la main blanche et

soignée. Avec son linge magnifique et sa

robe de chambre de velours doublée de

martre, il me faisait l'effet d'un prince

donnant audience à ses amis, ou, mieux

que cela de Voltaire à Ferney ; mais non,

c'était mieux encore que Voltaire, car il

avait le sourire paternel et le cœur plein de

tendresse et de naïveté. Tant il est vrai

que le bonheur est nécessaire à l'homme,

que la misère dégrade l'artiste, et qu'il

faut un miracle pour qu'il n'y perde pas la
conscience de sa propre dignité !

— Maintenant, mes amis, nous dit le
marquis de Balma, allez voir si les autres
enfants, sont prêts pour déjeuner ; j'ai encore une lettre à terminer avec ma fille,
et nous irons vous rejoindre. Vous me pro-
mettez maintenant, monsieur Salentini, de
passer au moins quelques jours chez moi ?

J'acceptai avec joie, mais je ne fus pas
plus tôt sorti de son cabinet que je fis un
douloureux retour sur moi-même. — Je
crois que je suis fou tout de bon, depuis

que j'ai mis les pieds ici, dis-je à Celio en l'arrêtant dans une galerie ornée de portraits de famille. Tout le temps que le marquis me racontait son histoire et m'expliquait sa position, je ne songeais qu'à me réjouir de voir la fortune récompenser son mérite et celui de sa fille. Je ne pensais pas que ce changement dans leur existence me portait un coup terrible et sans remède.

— Comment cela? dit Celio d'un air étonné.

— Tu me le demandes? répondis-je. Tu ne vois pas que j'aimais la Boccaferri, cette pauvre cantatrice à 3 ou 4,000 francs d'appointements par saison, et qu'il m'était bien permis, à moi qui gagne beaucoup plus, de songer à en faire ma femme, tandis que maintenant je ne pourrais aspirer à la main de mademoiselle de Balma, héritière de plusieurs millions, sans être ridicule en réalité et en apparence méprisable?

— Je serais donc méprisable, moi, d'y aspirer aussi? dit Celio en haussant les épaules.

— Non, lui répondis-je après un instant de réflexion. Bien que tu ne sois pas plus

riche que moi, je pense, ta mère a tant
fait pour le pauvre Boccaferri, que le
riche Balma peut et doit se considérer
toujours comme ton obligé. Et puis le nom
de ta mère est une gloire; Cecilia a voué un
culte à ce grand nom. Tu as donc mille
raisons pour te présenter sans honte et sans
crainte. Moi, si je surmontais l'une, je n'en
ressentirais pas moins l'autre; ainsi, mon
ami, plains-moi beaucoup, console-moi un
peu, et ne me regarde plus comme ton
rival. Je resterai encore un jour ici pour
prouver mon estime, mon respect et mon
dévouement; mais je partirai demain et
je tâcherai de guérir. Le sentiment de

ma fierté et la conscience de mon devoir

m'y aideront. Garde-moi le secret sur les

confidences que je t'ai faites, et que ma-

demoiselle de Balma ne sache jamais que

j'ai élevé mes prétentions jusqu'à elle.

XIII.

STELLA.

XIII.

Stella.

Celio allait me répondre lorsque Béatrice, accourant du fond de la galerie, vint
se jeter à son cou et folâtrer autour de
nous en me demandant avec malice si
j'avais été présenté à *M. le marquis*. Quel-

ques pas plus loin, nous rencontrâmes
Stella et Benjamin, qui m'accablèrent des
mêmes questions; la cloche du déjeuner
sonna à grand bruit, et la belle Hécate,
qui était fort nerveuse, accompagna d'un
long hurlement ce signal du déjeuner. Le
marquis et sa fille vinrent les derniers,
sereins et bienveillants comme des gens
qui viennent de faire leur devoir. Je vis
là combien Cecilia était adorée des jeunes
filles et quel respect elle inspirait à toute
la famille. Je ne pouvais m'empêcher de
la contempler, et même, quand je ne la
regardais ou ne l'écoutais pas, je voyais
tous ses mouvements, j'entendais toutes

ses paroles. Elle agissait et parlait peu cependant; mais elle était attentive à tout
ce qui pouvait être utile ou agréable à ses
amis. On eût dit qu'elle avait eu toute sa
vie 200,000 livres de rentes, tant elle était
aisée et tranquille dans son opulence, et
l'on voyait qu'elle ne jouissait de rien pour
elle-même, tant elle restait dévouée au
moindre besoin, au moindre désir des
autres.

On ne parla point de comédie pendant
le déjeuner. Pas un mot ne fut dit devant
les domestiques, qui pût leur faire soupçonner quelque chose à cet égard. Ce n'est

pas que de temps en temps Béatrice, qui
n'avait autre chose en tête, n'essayât de
parler de la précédente et de la prochaine
soirée ; mais Stella, qui était toujours à
ses côtés et qui s'était habituée à être pour
elle comme une jeune mère, la tenait en
bride. Quand le repas fut terminé, le marquis prit le bras de sa fille et sortit.

— Ils vont, pendant deux heures, s'occuper d'un autre genre d'affaires, me dit
Celio. Ils donnent cette partie de la journée aux besoins des gens qui les environ-
nent ; ils écoutent les demandes des pauvres, les réclamations des fermiers, les

invitations de la commune. Ils voient le
curé ou l'adjoint ; ils ordonnent des tra-
vaux, ils donnent même des consultations
à des malades ; enfin ils font leur devoir
de châtelains avec autant de conscience et
de régularité que possible. Stella et Béatrice sont chargées de veiller, à l'intérieur,
sur le détail de la maison ; moi, ordinairement, je lis ou fais de la musique, et,
depuis que mon frère est ici, je lui donne
des leçons ; mais, pour aujourd'hui, il ira
s'exercer tout seul au billard. Je veux
causer avec vous.

Il m'emmena dans le jardin, et là, me

serrant la main avec effusion : — Ta tris-
tesse me fait mal, dit-il, et je ne saurais la
voir plus longtemps. Écoute, mon ami,
j'ai eu un mauvais mouvement, quand tu
m'as dit, il y a une heure, que tu renon-
çais à Cecilia par délicatesse. J'ai failli te
dire que c'était ton devoir et t'encourager
à partir : je ne l'ai pas fait ; mais, quand
même je l'aurais fait, je me rétracterais
à cette heure. Tu te montres trop scrupu-
leux, ou tu ne connais pas encore Cecilia
et son père. Ils n'ont pas cessé d'être artistes, je crois même qu'ils le sont plus
que jamais depuis qu'ils sont devenus
seigneurs. L'alliance d'un talent tel que

le tien ne peut donc jamais leur sembler au-dessous de leur condition. Quant à te soupçonner coupable d'ambition et de cupidité, cela est imposible, car ils savent qu'il y a deux mois tu étais amoureux de la pauvre cantratrice à 3,000 francs par saison, et que tu aspirais sérieusement à l'épouser, même sans rougir du vieux ivrogne.

— Ils le savent ! Tu l'as dit, Celio ?

— Je le leur ai dit le jour même où j'en ai reçu de toi la confidence.

et ils en avaient été fort touchés.

— Mais ils avaient refusé, parce que, ce jour-là même, ils recevaient la nouvelle de leur héritage?

— Non ; même en recevant cette nouvelle, ils n'avaient pas refusé. Ils avaient dit : *Nous verrons !* Depuis, quoique je me sentisse ému moi-même, j'ai eu le courage de tenir la parole que je t'avais presque donnée : j'ai reparlé de toi.

— Et qu'a-t-*elle* dit ?

— Elle a dit : « Je suis si reconnaissante de ses bonnes intentions pour moi dans un temps où j'étais pauvre et obscure, que, si j'étais décidée à me marier, je chercherais l'occasion de le voir et de le connaître davantage. » Et puis nous avons été à Turin secrètement ces jours-ci, comme je te l'ai dit, pour les affaires de son père, et pour ramener en même temps notre Benjamin. Là, j'ai étudié avec un peu d'inquiétude l'effet que produisait sur elle le bruit de tes amours avec la duchesse. Elle a été triste un instant, cela est certain. Tu vois, ami, je ne te cache rien. Je lui ai offert d'aller te voir pour t'amener

en secret à notre hôtel. J'avais du dépit,
elle l'a vu, et elle a refusé, parce qu'elle
est bonne pour moi comme un ange,
comme une mère ; mais elle souffrait, et
quand, la nuit suivante, nous avons passé
à pied devant ta porte pour aller chercher notre voiture, que nous ne voulions
pas faire venir devant l'hôtel, nous avons
vu ton voiturin, nous avons reconnu Volabù. Nous l'avons évité, nous ne voulions
pas être vus ; mais Cecilia a eu une inspiration de femme. Elle a dit à Benjamin (que
cet homme n'avait jamais vu) de s'appro-
cher de lui, et de lui demander si son voiturin était disponible pour Milan. — Je

vais à Milan en effet, répondit-il, mais je
ne puis prendre personne. — Qui donc
conduisez-vous ? dit l'enfant ; ne pour-
rais-je m'arranger avec votre voyageur pour
aller avec lui ? — Non, c'est un peintre.
Il voyage seul. — Comment s'appelle-t-il ?
peut-être que je le connais ? — Ce voiturin a dit ton nom : c'est tout ce que nous
voulions savoir. On nous avait dit que la
duchesse était retournée à Milan. Cecilia pâlit, sous prétexte qu'elle avait froid ;
puis, comme j'en faisais l'observation à
demi-voix, elle se mit à sourire avec cet
air de souveraine mansuétude qui lui est
propre. Elle approcha de ta fenêtre en me

disant : — Tu vas voir que je vais lui
adresser un adieu bien amical et par conséquent bien désintéressé. — C'est alors
qu'elle chanta ce maudit *Vedrai carino* qui
t'a arraché aux griffes de Satan. Allons, il
y a dans tout cela une fatalité! Je crois
qu'elle t'aime, bien que ce soit fort difficile
à constater chez une personne toujours
maîtresse d'elle-même, et si habituée à
l'abnégation qu'on peut à peine deviner si
elle souffre en se sacrifiant. A l'heure qu'il
est, elle ne sait plus rien de toi, et je confesse que je n'ai pas eu le courage de lui
dire que tu as renoncé à la duchesse et
que tu lui dois ton salut. Je me suis en-

gagé à ne pas te nuire; mais ce serait pousser l'héroïsme au-delà de mes facultés, que d'aller faire la cour pour toi. Seulement je te devais la vérité, la voilà tout entière. Reste donc où parle; attends et espère, ou agis et éclaire-toi. De toute façon, tu es dans ton droit, et personne ne peut te supposer amoureux des millions, puisque, ce matin encore, tu ne voulais pas comprendre que le marquis de Balma était le père Boccaferri.

— Bon et grand Celio, m'écriai-je, comment te remercier! Je ne sais plus que faire. Il me semble que tu aimes Cecilia

autant que moi, et que tu es plus digne
d'elle. Non, je ne puis lui parler. Je veux
qu'elle ait le temps de te connaître et de
t'apprécier sous la face nouvelle que ton
caractère a prise depuis quelque temps.
Il faut qu'elle nous examine, qu'elle nous
compare et qu'elle juge. Il m'a semblé
parfois qu'elle t'aimait, et peut-être que
c'est toi qu'elle aime! Pourquoi nous hâter
de savoir notre sort? Qui sait si, à l'heure
qu'il est, elle-même n'est pas indécise?
Attendons.

— Oui, c'est vrai, dit Celio, nous ris-
quons d'être refusés tous les deux, si nous

brusquons sa sympathie. Moi, je suis fort
gêné aussi, car je n'étais pas amoureux
d'elle à Vienne, et l'idée de l'être ne m'est
venue que quand j'ai vu ton amour. J'ai
un peu peur à présent qu'elle ne me croie
influencé par ses millions, car je suis plus
exposé que toi à mériter ce soupçon. Je
n'ai pas fait mes preuves à temps, comme
tu les as faites. D'un autre côté, l'adora-
tion qu'elle avait pour ma mère, et qui
domine encore toutes ses pensées, est
de force et de nature à lui faire sacrifier
son amour pour toi dans la crainte de
me rendre malheureux. Elle est ainsi
faite, cette femme excellente; mais je

ne   jouirai   pas   de   son   sacrifice.

— Ce sacrifice, repris-je, serait prompt
et facile aujourd'hui. Si elle m'aime, ce
ne peut être encore au point de devenir
égoïste. Dans mon intérêt comme dans
le tien je demande l'aide et le conseil du
temps.

— C'est bien dit, répliqua Celio; ajour-
nons. Eh! tiens, prenons une résolution :
c'est de ne nous déclarer ni l'un ni l'autre
avant de nous être consultés encore; jusque-là, nous n'en reparlerons plus en-

semble, car cela me fait un peu de mal.

— Et à moi aussi. Je souscris à cet ac-
cord ; mais nous ne nous interdisons pas
l'un à l'autre de chercher à lui plaire.

— Non, certes, dit-il. Il se mit à fredon-
ner la romance de don Juan ; puis peu à peu
il arriva à la chanter, à l'étudier tout en
marchant à mon côté, et à frapper la terre
de son pied avec impatience dans les endroits où il était mécontent de sa voix et
de son accent. — Je ne suis pas don Juan,
s'écria-t-il en s'interrompant, et c'est
pourtant dans ma voix et dans ma destinée de l'être sur les planches. Que dia-

ble! je ne suis pas un ténor, je ne peux pas être un amoureux tendre! Je ne peux pas chanter *Il mio tesoro intanto* et faire la cadence du Rumini... Il faut que je sois un scélérat puissant ou un honnête homme qui fait *fiasco!* Va pour la puissance!... Après tout, ajouta-t-il en passant la main sur son front, qui sait si j'aime? Voyons! Il chanta *Quando del vino*, et il le chanta supérieurement. — Non! non! s'écria-t-il satisfait de lui-même, je ne suis pas fait pour aimer! Cecilia n'est pas ma mère. Il peut lui arriver d'aimer demain quelqu'un plus que moi, toi, par exemple! Fi donc! moi, amoureux d'une femme qui ne m'aime-

rait point ! j'en mourrais de rage ! Je ne
t'en voudrais pas, à toi, Salentini ; mais
elle ? je la jetterais du haut de son château sur le pavé pour lui faire voir le
cas que je fais de sa personne et de sa
fortune !

Je fus effrayé de l'expression de sa figure. Le Celio que j'avais connu à Vienne
reparaissait tout entier, et me jetait dans
une stupéfaction douloureuse. Il s'en aper-
çut, sourit, et me dit : Je crois que je re-
deviens méchant ! Allons rejoindre la famille, cela se dissipera. Parfois mes nerfs
me jouent encore de mauvais tours. Tiens,

j'ai froid ! Allons-nous-en. Il prit mon
bras et rentra en courant.

A deux heures, toute la famille se réunit dans le grand salon. Le marquis donna,
comme de coutume, à ses gens, l'ordre
qu'on ne le dérangeât plus jusqu'au dîner, à moins d'un motif important, et
que dans ce cas on sonnât la cloche du
château pour l'avertir. Puis il demanda
aux jeunes filles si elles avaient pris l'air
et surveillé la maison; à Benjamin, s'il avait
travaillé ; et quand chacun lui eut rendu
compte de l'emploi de sa matinée : — C'est
bien, dit-il ; la première condition de la

liberté et de la santé morale et intellec-
tuelle, c'est l'ordre dans l'arrangement
de la vie ; mais, hélas ! pour avoir de
l'ordre , il faut être riche. Les malheureux
sont forcés de ne jamais savoir ce qu'ils
feront dans une heure ! A présent, mes
chers enfants, vive la joie ! La journée
d'affaires et de soucis est terminée ; la
soirée de plaisir et d'art commence. Sui-
vez-moi.

Il tira de sa poche une grande clé, et
l'éleva en l'air aux rires et aux acclamations
des enfants. Puis nous nous dirigeâmes
avec lui vers l'aile du château où était situé

le théâtre. On ouvrit la *porte d'ivoire*, comme l'appelait le marquis, et on entra dans le sanctuaire des songes, après s'y être enfermés et **barricadés** d'importance.

Le premier soin fut de ranger le théâtre, d'y remettre de l'ordre et de la propreté, de réunir, de secouer et d'étiqueter les costumes abandonnés à la hâte, la nuit précédente, sur des fauteuils. Les hommes balayaient, époussetaient, donnaient de l'air, raccommodaient les accrocs faits au décor, huilaient les ferrures, etc. Les femmes s'occupaient des habits ; tout cela se fit avec une exactitude

et une rapidité prodigieuses, tant chacun
de nous y mit d'ardeur et de gaieté.
Quand ce fut fait, le marquis réunit sa
couvée autour de la grande table qui occupait le milieu du parterre, et l'on tint
conseil. On remit les manuscrits de *Don
Juan* à l'étude ; on y fit rentrer des personnages et des scènes éliminés la veille ;
on se consulta encore sur la distribution
des rôles. Celio revint à celui de don Juan,
il demanda que certaines scènes fussent
chantées. Béatrice et son jeune frère de-
mandèrent à improviser un pas de danse
dans le bal du troisième acte. Tout fut
accordé. On se permettait d'essayer de

tout ; mais, à mesure qu'on décidait quelque chose, on le consignait sur le manuscrit, afin que l'ordre de la représentation ne fût pas troublé.

Ensuite Celio envoya Stella lui chercher diverses perruques à longs cheveux. Il voulait assombrir un peu son caractère et sa physionomie. Il essaya une chevelure noire. — Tu as tort de te faire brun, si tu veux être méchant, lui dit Boccaferri (qui reprenait son ancien nom derrière la *porte d'ivoire*). C'est un usage classique de faire les traîtres noirs et à tous crins, mais c'est un mensonge banal. Les

hommes pâles de visage et noirs de barbe
sont presque toujours doux et faibles. Le
vrai tigre est fauve et soyeux.

— Va pour la peau du lion, dit Celio
en prenant sa perruque de la veille, mais
ces nœuds rouges m'ennuient ; cela sent
le tyran de mélodrame. Mesdemoiselles,
faites-moi une quantité de canons couleur
de feu. C'était le type du roué au temps
de Molière.

— En ce cas, rends-nous ton nœud cerise, ton *beau nœud d'épée !* dit Stella.

— Qu'en veux-tu faire?

— Je veux le conserver pour modèle dit-elle en souriant avec malice, car c'est toi qui l'as fait, et toi seul au monde sais faire les nœuds. Tu y mets le temps, mais quelle perfection! N'est-ce pas? ajouta-t-elle en s'adressant à moi et en me montrant ce même nœud cerise que j'avais ramassé la veille, comment le trouvez-vous?

Le ton dont elle me fit cette question et la manière dont elle agita ce ruban devant mon visage me troublaient un peu.

Il me sembla qu'elle désirait me voir m'en emparer, et je fus assez vertueux pour ne pas le faire. La Boccaferri me regardait. Je vis rougir la belle Stella ; elle laissa tomber le nœud et marcha dessus comme par mégarde, tout en feignant de rire d'autre chose.

Celio était brusque et impérieux avec ses sœurs, quoiqu'il les adorât au fond de l'âme, et qu'il eût pour elles mille tendres sollicitudes. Il avait vu aussi ce singulier petit épisode. — Allons donc, paresseuses ! cria-t-il à Stella et à Béatrice, allez me chercher trente

aunes de ruban couleur de feu ! J'attends ! — Et quand elles furent entrées
dans le magasin, il ramassa le nœud
cerise et me le donna à la dérobée en me
disant tout bas : — garde-le en mémoire
de Béatrice ; mais si l'une ou l'autre est
coquette avec toi, corrige-les et moque-
toi d'elles. Je te demande cela comme
à un frère.

Les préparatifs durèrent jusqu'au dîner, qui fut assez sérieux. On reprenait
de la gravité devant les domestiques,
qui portaient le deuil de l'ancien marquis sur leurs habits, faute de le porter

dans le cœur. Et d'ailleurs chacun pen-
sait à son rôle, et M. de Balma disait
une chose que j'ai toujours sentie vraie :
les idées s'éclaircissent et s'ordonnent
durant la satisfaction du premier ap-
pétit.

Au reste, on mangeait vite et modé-
rément à sa table. Il disait familière-
ment que l'artiste qui mange est *à moitié
cuit*. On savourait le café et le cigare ,
pendant que les domestiques levaient le
couvert et effectuaient leur sortie finale
des appartements et de la maison. Alors
on faisait une ronde , on fermait toutes

les issues. Le marquis criait : — Mes-
dames les actrices , à vos loges ! On
leur donnait une demi-heure d'avance
sur les hommes ; mais Cecilia n'en pro-
fitait pas. Elle resta avec nous dans le
salon , et je remarquai qu'elle causait
tout bas dans un coin avec Celio.

Il me sembla qu'au sortir de cet entretien Celio était d'une gaieté arrogante, et Cecilia d'une mélancolie rési-
gnée ; mais cela ne prouvait pas grand'-
chose : chez lui , les émotions étaient
toujours un peu forcées ; chez elle ,
elles étaient si peu manifestées , que

la nuance était presque insaisissable.

A huit heures précises, la pièce commença. Je craindrais d'être fastidieux en la suivant dans ses détails, mais je dois signaler qu'à ma grande surprise, Cecilia fut admirable et atroce de jalousie dans le rôle d'Elvire. Je ne l'aurais jamais cru ; cette passion semblait si ennemie de son caractère ! j'en fis la remarque dans un entr'acte. — Mais c'est peut-être pour cela précisément, me dit-elle.... Et puis, d'ailleurs, que savez-vous de moi ?

Élle dit ce dernier mot avec un ton de fierté qui me fit peur. Elle semblait

mettre tout son orgueil à n'être pas de-
vinée. Je m'attachai à la deviner malgré elle, et cela assez froidement. Boccaferri loua Celio avec enthousiasme ;
il pleurait presque de joie de l'avoir vu
si bien jouer. Le fait est qu'il avait été
le plus froid, le plus railleur, le plus
pervers des hommes. — C'est grâce à
toi, dit-il à la Boccaferri ; tu es si irri-
tée et si hautaine, que tu me rends
méchant. Je me fais de glace devant
tes reproches, parce que je me sens
poussé à bout et prêt à éclater. Tiens !
ma vieille, tu devrais toujours être
ainsi ; je reprendrais les forces que m'ô-

tent ta bonté et ta douceur accoutu-

mées.

— Eh bien ! répondit-elle, je ne te con-

seille pas de jouer souvent ces rôles-là

avec moi : je t'y rendrais des points.

Il se pencha vers elle, et, baissant la

voix : — Serais-tu capable d'être la fe-

melle d'un tigre ? lui dit-il.

— Cela est bon pour le théâtre, ré-

pondit-elle (et il me sembla qu'elle parlait exprès de manière à ce que je ne perdisse pas sa réponse). Dans la vie réelle, Celio. je mépriserai un usage si petit , si facile et si niais de ma force. Pourquoi suis-je si méchante , ici , dans ce rôle ? C'est que rien n'est plus aisé que l'affectation. Ne sois donc pas trop vain de ton succès d'aujourd'hui. La force dans l'excitation , c'est le *pont aux ânes !* La force dans le calme.... Tu y viendras peut-être, mais tu n'y es pas encore. Essaie de faire Ottavio , et nous verrons !

— Vous êtes une comédienne fort acerbe et fort jalouse de son talent ! dit Celio en

se mordant les lèvres si fort que sa moustache rousse, collée à sa lèvre, tomba sur
son rabat de dentelle.

— Tu perds ton poil de tigre, lui dit
tranquillement la Boccaferri en rattra-
pant la moustache ; tu as raison de faire
une peau neuve !

— Vous croyez que vous opérerez ce
mirale ?

— Oui, si je veux m'en donner la peine,
mais je ne le promets pas.

Je vis qu'ils s'aimaient sans vouloir se
l'avouer à eux-mêmes, et je regardai
Stella, qui était belle comme un ange en
me présentant un masque pour la scène
du bal. Elle avait cet air généreux et brave
d'une personne qui renonce à vous plaire
sans renoncer à vous aimer. Un élan de
cœur, plein de vaillance, qui ne me permit pas d'hésiter, me fit tirer de mon sein
le nœud cerise que j'y avais caché, et je
le lui montrai mystérieusement. Tout son
courage l'abandonna; elle rougit, et ses
yeux se remplirent de larmes. Je vis que
Stella était une sensitive, et que je venais de me donner pour jamais ou de faire

une lâcheté. Dès ce moment, je ne regardai plus en arrière, et je m'abandonnai tout entier au bonheur, bien nouveau pour moi, d'être chastement et naïvement aimé.

Je faisais le rôle d'Ottavio, et je l'avais fort mal joué jusque-là. Je pris le bras de ma charmante Anna pour entrer en scène, et je trouvai du cœur et de l'émotion pour lui dire mon amour et lui peindre mon dévouement.

A la fin de l'acte, je fus comblé d'éloges, et Cecilia me dit en me tendant la main : — Toi, Ottavio, tu n'as besoin des leçons personne, et tu en remontrerais à ceux qui enseignent. Je ne sais pas jouer la comédie, lui répondis-je, je ne le saurai jamais. C'est parce qu'on ne la joue pas ici que j'ai dit ce que je sentais.

XIV.

CONCLUSION.

XIV.

Conclusion.

Je montai dans la loge des hommes pour me débarrasser de mon domino. A peine y étais-je entré, que Stella vint résolûment m'y rejoindre. Elle avait ar-arraché vivement son masque ; sa belle

chevelure blond - cendré , naturellement
ondée, s'était à demi répandue sur son
épaule. Elle était pâle , elle tremblait ;
mais c'était une âme éminemment cou-
rageuse , quoiqu'elle agît par expansion
spontanée et d'une manière tout opposée,
par conséquent , à celle de la Boccaferri.

— Adorno Salentini, me dit-elle en posant sa main blanche sur mon épaule ,
m'aimez-vous ?

Je fus entièrement vaincu par cette
question hardie, faite avec un effort évi-

demment douloureux et le trouble de la
pudeur alarmée.

Je la pris dans mes bras et je la ser-
rai contre ma poitrine.

— Il ne faut pas me tromper, dit-elle
en se dégageant avec force de mon
étreinte. J'ai vingt-deux ans ; je n'ai pas
encore aimé, moi, et je ne dois pas être
trompée. Mon premier amour sera le dernier, et si je suis trahie, je n'essaierai
pas de savoir si j'ai la force d'aimer une
seconde fois : je mourrai. C'est là le seul
courage dont je me sente capable. Je suis

jeune , mais l'expérience des autres m'a
éclairée. J'ai beaucoup rêvé déjà , et, si
je ne connais pas le monde, je me connais du moins. L'homme qui se jouera
d'une âme comme la mienne ne pourra
être qu'un misérable, et , s'il en vient là,
il faudra que je le haïsse et que je le mé-
prise. La mort me semble mille fois plus
douce que la vie après une semblable
désillusion.

— Stella, lui répondis-je, si je vous dis
ici que je vous aime , me croirez-vous ?
Ne me mettrez-vous pas à l'épreuve avant
de vous fier aveuglément à la parole d'un

homme que vous ne connaissez pas?

— Je vous connais, répondit-elle. Celio, qui n'estime personne, vous estime et vous respecte ; et d'ailleurs, quand même je n'aurais pas ce motif de confiance, je croirais encore à votre parole.

— Pourquoi?

— Je ne sais pas, mais cela est ainsi.

— Donc vous m'aimez, vous ?

Elle hésita un instant, puis elle dit :

— Ecoutez ! je ne suis pas pour rien la fille de la Floriani. Je n'ai pas la force de ma mère, mais j'ai son courage; je vous aime.

Cette bravoure me transporta. Je tombai aux pieds de Stella et je les baisai avec enthousiasme. — C'est la première fois, lui dis-je, que je me mets aux genoux d'une femme, et c'est aussi la première fois que j'aime. Je croyais pourtant aimer Cécilia il y a une heure, je vous dois cette confession; mais ce que je cherche dans la femme, c'est le cœur, et j'ai vu que le sien ne m'appartenait pas. Le vôtre se

donne à moi avec une vaillance qui me
pénètre et me terrasse. Je ne vous connais pas plus que vous ne me connais·
sez, et voilà que je crois en vous comme
vous croyez en moi. L'amour, c'est la foi ;
la foi rend téméraire, et rien ne lui ré-
siste. Nous nous aimons, Stella, et nous
n'avons pas besoin d'autre preuve que
de nous l'être dit. Voulez-vous être ma
femme ?

— Oui, répondit-elle, car moi, je ne
puis aimer qu'une fois, je vous l'ai dit.

— Sois donc ma femme, m'écriai-je en
l'embrassant avec transport. Veux-tu que

je te demande à ton frère tout de suite?

— Non, dit-elle en pressant mon front de ses lèvres avec une suavité vraiment sainte. Mon frère aime Cécilia, et il faut qu'il devienne digne d'elle. Tel qu'il est aujourd'hui, il ne l'aime pas encore assez pour la mériter. Laisse-lui croire encore que tu prétends être son rival. Sa passion a besoin d'une lutte pour se manifester à lui-même. Cecilia l'aime depuis long-temps. Elle ne me l'a pas dit, mais je le sais bien. C'est à elle que tu dois me demander d'abord, car c'est elle que je regarde comme ma mère.

— J'y vais tout de suite , répondis-je.

— Et pourquoi tout de suite? Est-ce que tu crains de te repentir si tu prends le temps de la réflexion ?

— Je te prouverai le contraire , fille généreuse et charmante! je ne ferai que ce que tu voudras.

On nous appela pour commencer l'acte suivant. Celio , qui surveillait ordinairement d'un œil inquiet et jaloux le moindre mouvement de ses sœurs , n'avait pas remarqué notre absence. Il était en proie

à une agitation extraordinaire. Son rôle
paraissait l'absorber. Il le termina de la
manière la plus brillante , ce qui ne l'em-
pêcha pas d'être sombre et silencieux pendant le souper et l'intéressante causerie
du marquis, qui se prolongea jusqu'à trois
heures du matin.

Je m'endormis tranquille et je n'eus pas
le moindre retour sur moi-même, pas
l'apparence d'inquiétude , d'hésitation ou
de regret , en m'éveillant. Je dois dire
que , dès le matin du jour précédent , les
200,000 livres de rentes de mademoiselle
de Balma m'avaient porté comme un coup

de massue. Epouser une fortune ne m'allait point et dérangeait les rêves et l'ambition de toute ma vie, qui était de faire
moi-même mon existence et d'y associer
une compagne de mon choix prise dans
une condition assez modeste pour qu'elle
se trouvât riche de mon succès.

D'ailleurs, je suis ainsi fait, que l'idée
de lutter contre un rival à chances égales
me plaît et m'anime, tandis que la conscience de la moindre infériorité dans ma
position, sur un pareil terrain, me re-
froidit et me guérit comme par miracle. Est-ce prudence ou fierté? je l'ignore;

mais il est certain que j'étais, à cet égard,
tout l'opposé de Celio, et qu'au lieu de
me sentir acharné, par dépit d'amour-
propre, à lui disputer sa conquête, j'é-
prouvais un noble plaisir à les rappro-
cher l'un de l'autre en restant leur ami.

Cecilia vint me trouver dans la journée. — Je vais vous parler comme à un
frère, me dit-elle. Quelques mots de Celio
tendraient à me faire croire que vous
êtes amoureux de moi, et moi, je ne
crois pas que vous y songiez maintenant.
Voilà pourquoi je viens vous ouvrir mon
cœur.

« Je sais qu'il y a deux mois, lorsque
vous m'avez connue dans un état voisin
de la misère, vous avez songé à m'é-
pouser. J'ai vu là la noblesse de votre
âme, et cette pensée que vous avez eue
vous assure à jamais mon estime! et,
plus encore, une sorte de respect pour
votre caractère. »

Elle prit ma main et la porta contre
son cœur, où elle la tint pressée un instant avec une expression à la fois si chaste
et si tendre, que je pliai presque un ge-
nou devant elle.

—Ecoutez, mon ami, reprit-elle sans me

donner le temps de lui répondre, je crois
que j'aime Celio ! voilà pourquoi , en vous
faisant cet aveu, je crois avoir le droit de
vous adresser une prière humble et fer-
vente au nom de l'affection la plus désin-
téressée qui fût jámais : fuyez la duchesse
de*** ; détachez-vous d'elle, ou vous êtes
perdu !

—Je le sais , répondis-je, et je vous re-
mercie , ma chère Cecilia, de me conserver ce tendre intérêt; mais ne craignez
rien , ce lien funeste n'a pas été con-
tracté; votre douce voix , une inspiration de votre cœur généreux et qua-

tre phrases du divin Mozart m'en ont à
jamais préservé.

— Vous les avez donc entendues ? Dieu
soit loué !

— Oui, Dieu soit loué ! repris-je, car
ce chant magique m'a attiré jusqu'ici à
mon insu, et j'y ai trouvé le bonheur.

Cecilia me regarda avec surprise.

— Je m'expliquerai tout à l'heure, lui
dis-je, mais vous, vous avez encore

quelque chose à me dire , n'est-ce pas ?

— Oui, répondit-elle, je vous dirai tout, car je tiens à votre estime , et , si , je ne l'avais pas , il manquerait quelque chose au repos de ma conscience. Vous souve-nez-vous qu'à Vienne , la dernière fois que nous nous y sommes vus , vous m'avez demandé si j'aimais Celio?

—Je m'en souviens parfaitement, ainsi que de votre réponse , et vous n'avez pas besoin de vous expliquer davantage, Ce-cilia. Je sais fort bien que vous fûtes sin-cère en me disant que vous n'y songiez pas, et que votre dévouement pour lui prenait sa source dans les bienfaits de la Floriani. Je comprends ce qui s'est passé en vous depuis ce jour-là, parce que je sais ce qui s'est passé en lui.

— Merci, ô merci ! s'écria-t-elle attendrie ; vous n'avez pas douté de ma loyauté ?

— Jamais.

— C'est le plus grand éloge que vous puissiez commander pour la vôtre ; mais, dites - moi , vous croyez donc qu'il m'aime ?

— J'en suis certain.

— Et moi aussi, ajouta-t-elle avec un divin sourire et une légère rougeur. Il m'aime , et il s'en défend encore ; mais son orgueil pliera, et je serai sa femme , car c'est là toute l'ambition de mon âme depuis que je suis *dama e contessa garbata.* Lorsque vous m'interrogiez , Salentini , je me croyais pour toujours obscure et misérable. Comment n'aurais-je pas re-foulé au plus profond de mon sein la seule

pensée d'être la femme du brillant Celio,
de ce jeune ambitieux à qui l'éclat et la
richesse sont des éléments de bonheur et
des conditions de succès indispensables?
J'aurais rougi de m'avouer à moi-même
que j'étais émue en le voyant; il ne l'aurait jamais su ; je crois que je ne le savais pas moi-même , tant j'étais résolue
à n'y pas prendre garde, et tant j'ai l'habitude et le pouvoir de me maîtri-
ser.

« Mais ma fortune présente me rend la
jeunesse, la confiance et le droit. Voyez-
vous, Celio n'est pas comme vous. Je vous

ai bien devinés tous deux. Vous êtes calme, vous êtes patient, vous êtes plus fort
que lui, qui n'est qu'ardent, avide et vio-
lent. Il ne manque ni de fierté ni de désin-
téressement ; mais il est incapable de se
créer tout seul l'existence large et brillante qu'il rêve, et qui est nécessaire au
développement de ses facultés. Il lui faut
la richesse toute acquise , et je lui dois
cette richesse. N'est-ce pas , je dois cela
au fils de Lucrezia ? et quand même je
vous aurais aimé, Salentini, quand même
le caractère effrayant de Celio m'inspire-
rait des craintes sérieuses pour mon bonheur , j'ai une dette sacrée à payer.

— J'espère, lui dis-je en souriant, que le sacrifice n'est pas trop rude. En ce qui me concerne, il est nul, et votre supposition n'est qu'une consolation gratuite dont je n'aurai pas la folie de faire mon profit. En ce qui concerne Celio, je crois que vous êtes plus forte que lui, et que vous caresserez le jeune tigre d'une main calme et légère.

— Ce ne sera peut-être pas toujours aussi facile que vous croyez, répondit-elle; mais je n'ai pas peur, voilà ce qui est certain. Il n'y a rien de tel pour être

courageux que de se sentir disposé , comme je le suis, à faire bon marché de son
propre bonheur et de sa propre vie ; mais
je ne veux pas me faire trop valoir. J'a-
voue que je suis secrèment enivrée , et
que ma bravoure est singulièrement
récompensée par l'amour qui parle en
moi. Aucun homme ne peut me sembler
beau auprès de celui qui est la vivante
image de Lucrezia; aucun nom illustre
et cher à porter auprès de celui de Floriani.

— Ce nom est si beau en effet, qu'il me
fait peur, répondis-je. Si toutes celles qui

le portent allaient refuser de le perdre !

— Que voulez-vous dire? je ne vous comprends pas.

Je lui fis alors l'aveu de ce qui s'était passé entre Stella et moi, et je lui demandai la main de sa fille adoptive. La joie de cette généreuse femme fut immense; elle se jeta à mon cou et m'embrassa sur les deux joues. Je la vis enfin ce jour-là telle qu'elle était, expansive et maternelle dans ses affections , autant qu'elle était prudente et mystérieuse avec les indifférents.

— Stella est un ange, me dit-elle, et le ciel vous a mille fois béni en vous inspirant cette confiance subite en sa parole. Je la connais bien, moi, et je sais que, de tous les enfants de Floriani, c'est celle qui a vraiment hérité de la plus précieuse vertu de sa mère, le dévouement. Il y a long-temps qu'elle est tourmentée du besoin d'aimer, et ce n'est pas l'occasion qui lui a manqué, croyez-le bien ; mais cette âme romanesque et délicate n'a pas subi l'entraînement des sens qui ferme parfois les yeux aux jeunes filles. Elle avait un idéal, elle le cherchait et savait l'attendre. Cela se voit bien à la fraîcheur de ses

joues et à la pureté de ses paupières; elle
l'a trouvé enfin, celui qu'elle a rêvé! Charmante Stella, exquise nature de femme,
ton bonheur m'est encore plus cher que
le mien!

La Boccaferri prit encore ma main, la
serra dans les siennes, et fondit en larmes en s'écriant : « O Lucrezia! réjouis-
toi dans le sein de Dieu ! »

Celio entra brusquement, et, voyant
Cecilia si émue et assise tout près de moi,
il se retira en refermant la porte avec
violence. Il avait pâli, sa figure était dé-

composée d'une manière effrayante. Toutes les furies de l'enfer étaient entrées
dans son sein.

— Qu'il dise après cela qu'il ne t'aime
pas! dis-je à la Boccaferri. Je la fis con-
sentir à laisser subir encore un peu cette
souffrance au pauvre Celio, et nous allâmes trouver ma chère Stella pour lui
faire part de notre entretien.

Stella travaillait dans l'intérieur d'une
tourelle qui lui servait d'atelier. Je fus
étrangement surpris de la trouver occu-
pée de peinture, et de voir qu'elle avait

un talent réel, tendre, profond, déli-
cieusement vrai pour le paysage, les
troupeaux, la nature pastorale et naïve.
—Vous pensiez donc, me dit-elle en voyant
mon ravissement, que je voulais me faire
comédienne? Oh non ! je n'aime pas plus
le public que ne l'a aimé notre Cecilia , et
jamais je n'aurais le courage d'affronter
son regard. Je joue ici la comédie comme
Cecilia et son père la jouent; pour aider
à l'œuvre collective qui sert à l'éducation
de Celio, peut-être à celle de Béatrice et
de Salvator, car les deux *Bambini* ont aussi
jusqu'à présent la passion du théâtre ;
mais vous n'avez pas compris notre cher

maître Boccaferri , si vous croyez qu'il n'a
en vue que de nous faire débuter. Non ,
ce n'est pas là sa pensée. Il pense que
ces essais dramatiques , dans la forme libre que nous leur donnons, sont un
exercice salutaire au développement syn-
thétique (je me sers de son mot) de nos
facultés d'artiste , et je crois bien qu'il a
raison , car depuis que nous faisons cette
amusante étude je me sens plus peintre
et plus poète que je ne croyais l'être.

— Oui , il a mille fois raison, répondis-
je , et le cœur aussi s'ouvre à la poésie , à
l'effusion , à l'amour , dans cette joyeuse

et sympathique épreuve : je le sens bien,
ô ma Stella, pour deux jours que j'ai pas-
sés ici ! Partout ailleurs, je n'aurais point
osé vous aimer si vite, et, dans cette
douce et bienfaisante excitation de toutes mes facultés, je vous ai comprise
d'emblée, et j'ai éprouvé la portée de mon
propre cœur.

Cecilia me prit par le bras et me fit entrer dans la chambre de Stella et de Béatrice, qui communiquait avec cette même
tourelle par un petit couloir. Stella rou-
gissait beaucoup, mais elle ne fit pas de
résistance. Cecilia me conduisit en face

d'un tableau placé dans l'alcôve virgi-
nale de ma jeune amante, et je reconnus une *Madoneta col Bambino* que j'avais
peinte et vendue à Turin deux ans auparavant à un marchand de tableaux.
Cela était fort naïf, mais d'un sentiment assez vrai pour que je pusse le
revoir sans humeur. Cecilia l'avait
acheté, à son dernier voyage, pour sa
jeune amie, et alors on me confessa
que, depuis deux mois, Stella, en en-
tendant parler souvent de moi aux
Boccaferri et à Celio, avait vivement
désiré me connaître. Cecilia avait
nourri d'avance, et sans le lui dire, la

pensée que notre union serait un beau
rêve à réaliser. Stella semblait l'avoir
deviné.

— Il est certain, me dit-elle, que lorsque je vous ai vu ramasser le nœud cerise, j'ai éprouvé quelque chose d'extraordinaire que je ne pouvais m'expliquer à moi-même ; et que, quand Celio
est venu nous dire, le lendemain, que
le *ramasseur de rubans*, comme il vous appelait, était encore dans le village, et se
nommait Adorno Salentini, je me suis
dit, follement peut-être, mais sans dou-

ter de la destinée, que la mienne était
accomplie.

Je ne saurais exprimer dans quel
naïf ravissement me plongea ce jeune et
pur amour d'une fille encore enfant par la
fraîcheur et la simplicité, déjà femme par
le dévouement et l'intelligence. Lorsque la
cloche nous avertit de nous rendre au
théâtre, j'étais un peu fou. Celio vit
mon bonheur dans mes yeux, et ne le
comprenant pas, il fut méchant et brutal à faire plaisir. Je me laissai presque
insulter par lui ; mais le soir j'ignore
ce qui s'était passé. Il me parut plus

calme et me demanda pardon de sa violence, ce que je lui accordai fort généreusement.

Je dirai encore quelques mots de notre
théâtre avant d'arriver au dénoûment,
que le lecteur sait d'avance. Presque
tous les soirs nous entreprenions un
nouvel essai. Tantôt c'était un opéra :
tous les acteurs étant bons musiciens ,
même moi , je l'avoue humblement et
sans prétention, chacun tenait le piano
alternativement. Une autre fois c'était
un ballet; les personnes sérieuses se
donnaient à la pantomime , les jeunes

gens dansaient d'inspiration , avec une grâce, un abandon et un entrain qu'on eût vainement cherchés dans les poses étudiées du théâtre. Boccaferri était admirable au piano dans ces circonstances. Il s'y livrait aux plus brillantes fantaisies , et, comme s'il eût dicté impérieusement chaque geste, chaque intention de ses personnages , il les enlevait, les excitait jusqu'au délire ou les calmait jusqu'à l'abattement, au gré de son inspiration. Il les soumettait ainsi au scenario , car la pantomime , dont il était le plus souvent l'auteur , avait toujours une action bien nettement développée et suivie.

D'autres fois, nous tentions un opéra
comique, et il nous arriva d'improviser
des airs, même des chœurs, qui le croirait? où l'ensemble ne manqua pas, et
où diverses réminiscences d'opéras connus se lièrent par des modulations indi-
viduelles promptement conquises et sai-
sies de tous. Il nous prenait parfois fantaisie de jouer de mémoire une pièce
dont nous n'avions pas le texte et que
nous nous rappelions assez confusément.
Ces souvenirs indécis avaient leur charme, et, pour les enfants, qui ne con-

naissaient pas ces pièces, elles avaient
l'attrait de la création. Ils les con-
cevaient, sur un simple exposé pré-
liminaire, autrement que nous, et
nous étions tout ravis de leur voir trouver d'inspiration des caractères nouveaux
et des scènes meilleures que celles du
texte.

Nous avions encore la ressource de
faire de bonnes pièces avec de fort mauvaises. Boccaferri excellait à ce genre
de découvertes. Il fouillait dans sa bibliothèque théâtrale, et trouvait un
sujet heureux à exploiter dans une

vieillerie mal conçue et mal exécutée.

— Il n'est si mauvaise œuvre tombée à plat, disait-il, où l'on ne trouve une idée, un caractère ou une scène dont on peut tirer un bon parti. Au théâtre, j'ai entendu siffler cent ouvrages qui eussent été applaudis, si un homme intelligent eût traité le même sujet. Fouillons donc toujours, ne doutons de rien, et soyez sûrs que nous pourrions aller ainsi pendant dix ans et trouver tous les soirs matière à inventer et à développer.

Cette vie fut charmante et nous pas-

sionna tous à tel point que cela eût semblé puéril et quasi insensé à tout autre
qu'à nous. Nous ne nous blasions point
sur notre plaisir, parce que la matinée
entière était donnée à un travail plus sérieux. Je faisais de la peinture avec Stella ; le marquis et sa fille remplissaient as-
sidûment les devoirs qu'ils s'étaient im-
posés ; Celio faisait l'éducation littéraire
et musicale de son jeune frère et de *notre*
petite sœur Béatrice, à laquelle aussi on
me permettait de donner quelques leçons. L'heure de la comédie arrivait
donc comme une récréation toujours
méritée et toujours nouvelle. *La porte d'i-*

voire s'ouvrait toujours comme le sanctuaire de nos plus chères illusions.

Je me sentais grandir au contact de
ces fraîches imaginations d'artistes dont
le vieux Boccaferri était la clé, le lien
et l'âme. Je dois dire que Lucrezia Floriani avait bien connu et bien jugé cet
homme, le plus improductif et le plus
impuissant des membres de là société
officielle, le plus complet, le plus inspiré, le plus *artiste* enfin des artistes. Je
lui dois beaucoup, et je lui en conser-
verai au-delà du tombeau une éternelle

reconnaissance. Jamais je n'ai entendu parler avec autant de sens, de clarté, de profondeur et de délicatesse sur la peinture. En barbouillant de grossiers décors (car il peignait fort mal), il épanchait dans mon sein un flot d'idées lumineuses qui fécondaient mon intelligence, et dont je sentirai, toute ma vie, la puissance génératrice.

Je m'étonnais que, Celio devant épouser Cecilia et devenir riche et seigneur, les Boccaferri songeassent sérieusement à lui faire reprendre ses débuts: mais je le compris comme eux en étudiant

son caractère, en reconnaissant sa vo-
cation et la supériorité de talent que
chaque jour faisait éclore en lui. — Les
grands artistes dramatiques ne sont-ils
pas presque toujours riches à une certaine époque de leur vie? me disait le
marquis, et la possession des terres, des
châteaux et même des titres les dégoû-
te-t-elle de leur art? Non. En général,
c'est la vieillesse seule qui les chasse du
théâtre, car ils sentent bien que leur
plus grande puissance et leur plus vive
jouissance est là. Eh bien! Celio com-
mencera par où les autres finissent; il
fera de l'art en grand, à son loisir;

il sera d'autant plus précieux au public qu'il se rendra plus rare, et d'autant mieux payé qu'il en aura moins besoin. Ainsi va le monde.

Celio vivait dans la fièvre, et ces alternatives de fureur, d'espérance, de jalousie et d'enivrement développèrent en lui une passion terrible pour Cecilia, une puissance supérieure dans son talent. Nous lui laissâmes passer deux mois dans cette épreuve brûlante qu'il avait la force de supporter, et qui était pour ainsi dire, l'élément naturel de son génie.

Un matin que le printemps commençait à sourire, les sapins à se pa-
rer de pointes d'un vert tendre à l'ex-
trémité de leurs sombres rameaux, les
lilas bourgeonnant sous une brise attié-
die et les mésanges semant les fourrés
de leurs petits cris sauvages, nous pre-
nions le café sur la terrasse aux premiers rayons d'un doux et clair soleil.
L'avocat de Briançon arriva et se jeta
dans les bras de son vieux ami le marquis, en s'écriant : *Tout est liquidé !*

Cette parole prosaïque fut aussi
douce à nos oreilles que le premier

tonnerre du printemps. C'était le signal
de notre bonheur à tous. Le marquis
mit la main de sa fille dans celle de
Celio, et celle de Stella dans la mienne.
A l'heure où j'écris ces dernières lignes,
Béatrice cueille des camélias blancs et
des cyclamens dans la serre pour les
couronnes des deux mariées. Je suis
heureux et fier de pouvoir donner tout
haut le nom de sœur à cette chère enfant, et maître Volabù vient d'entrer
comme cocher au service du château.

FIN.

Clermont (Oise). — Imp. A. Daix.

Bibliothèque contemporaine.

PREMIÈRE SÉRIE.

FORMAT IN-18 ANGLAIS, A 2 FRANCS LE VOLUME.

-c✕o-

ALEXANDRE DUMAS.

ALEXANDRE DUMAS.

ÉMILE DE GIRARDIN.

PAUL FÉVAL.

ALBERT AUBERT.

Bibliothèque contemporaine.

PREMIÈRE SÉRIE.

|—o⊖⊖o—

—o⊕o—

Bibliothèque contemporaine.

DEUXIÈME SÉRIE.

FORMAT IN-18 ANGLAIS A **3 FRANCS** LE VOLUME.

LAMARTINE.

TROIS MOIS AU POUVOIR......... 1 vol.

GEORGE SAND.

LA PETITE FADETTE............. 1
FRANÇOIS LE CHAMPI......... 1

F. PONSARD.

THÉATRE COMPLET.............. 1

HENRY MURGER.

SCÈNES DE LA BOHÊME......... 1
SCÈNES DE LA VIE DE JEUNESSE.... 1
LE PAYS LATIN................. 1

O. D'HAUSSONVILLE.

HISTOIRE DE LA POLITIQUE EXTÉ-
RIEURE DU GOUVERNEMENT FRAN-
ÇAIS, 1830-1848, AVEC NOTES,
DOCUMENTS, PIÈCES JUSTIFICATI-
VES ENTIÈREMENT INÉDITES...... 2

LOUIS REYBAUD.

ÉTUDES SUR LES RÉFORMATEURS SO-
CIALISTES. (Ouvrage qui a ob-
tenu en 1841 le grand prix
Montyon) ....
JÉROME PATUROT A LA RECHERCHE
D'UNE POSITION SOCIALE.
(sous presse.)............ 1
ROMANS (»)......... 1

OCTAVE FEUILLET.

SCÈNES ET PROVERBES......... 1
BELLAH (sous presse)........ 1

CHAMPFLEURY.

CONTES.................. 1
LES EXCENTRIQUES (sous presse)... 1

HENRI BLAZE.

ÉCRIVAINS ET POÈTES DE L'ALLEMAGNE 1

CUVILLIER FLEURY.

PORTRAITS POLITIQUES ET RÉVO-
LUTIONNAIRES............. 1

ALEXANDRE DUMAS FILS.

LA DAME AUX CAMÉLIAS....... 1

CH. LIADIÈRES.

OEUVRES LITTÉRAIRES......... 1

CHARLES REYNAUD.

D'ATHÈNES A BAALBEK........ 1

Ouvrages divers.

LAMARTINE.

GENEVIÈVE, 1 vol. in-8°.... 5 »
NOUVELLES CONFIDENCES, 1 vol.
in-8°. .... 5 »
TOUSSAINT LOUVERTURE, 1 v. in-8°. 5 »

O. D'HAUSSONVILLE,
ancien député

HISTOIRE DE LA POLITIQUE EXTÉ-
RIEURE DU GOUVERNEMENT FRAN-
ÇAIS : 1830-1848, avec documents, notes, pièces justificatives, entièrement inédits, 2 vol.
in-8°. .... 12 »

CAUSSIDIÈRE,
ex-préfet de police.

MÉMOIRES, 2 vol. in-8°.... 4 »

GUSTAVE PLANCHE.

PORTRAITS LITTÉRAIRES, 2 vol.
in-8°.. .... 7 5

LE COMTE DE MONTALIVET.

LE ROI LOUIS-PHILIPPE (Liste Civile).
Nouvelle édition entièrement re-
vue et considérablement augmen-
tée de notes, pièces justificatives
et documents inédits, avec un portrait et un fac-simile du Roi, et un
plan du château de Neuilly. 1 vol.
in-8°. .... 6 »

DE SÉNANCOURT.

RÊVERIES, 1 vol. in-8°.... 3 »
ISABELLE, 1 vol. in-8°.... 3 »

FRANÇOIS DE GROISEILLIEZ.

HISTOIRE DE LA CHUTE DE LOUIS-
PHILIPPE, 1 vol. in-8°.... 5 »

THÉODORE DE BANVILLE.

LES STALACTITES, poésies, 1 vol.
in-8°. .... 4 »

E. V. ARNAULT,
de l'Académie française.

FABLES, 2 vol. in-18. .... 4 »

Ouvrages divers.

—o◉o—

N. VILLIAUMÉ.

fr. c.

HISTOIRE DE LA RÉVOLUTION FRAN-
ÇAISE (1789). 4 volumes in-8°,
2e édition. . . . . 20 »

CH. WORDSWORTH.

DE L'ÉGLISE ET DE L'INSTRUCTION
PUBLIQUE EN FRANCE, traduction
de l'anglais. 1 vol. in-8°.   . 5 »

F. BÉCHARD.

DE LA FAMILLE, 1 vol. 1 50

HENRI BLAZE.

LA NUIT DE WALPURGIS, comédie
politique du temps présent,
1 vol. in-18 anglais. . . . . . . 5 »

ANATOLE DE SÉGUR.

FABLES, 1 vol. in-18 anglais. . . . 3 »

EUGÈNE DE LONLAY.

POÉSIES NOUVELLES, 1 vol. grand
in-18. . . . . 3 »

A. DE LONGPÉRIER.

TROIS PROVERBES, 1 vol. in-8°. . . 2 »

F. J. FÉTIS.

LA MUSIQUE MISE A LA PORTÉE DE
TOUT LE MONDE, 3e édition, 1 v.
in-8°. . . . . 6 »

CASTIL-BLAZE.

DE L'OPÉRA EN FRANCE, 2 vol.
in-8°. . . . . 4 »

GUSTAVE LEVAVASSEUR.

FARCES ET MORALITÉS, 1 vol. in-18. 2 »
POÉSIES FUGITIVES, 1 vol. in-18. . . 3 »

AMÉDÉE DE BAST.

fr. c.

LES GALERIES DU PALAIS DE JUS-
TICE DE PARIS, mœurs, usages,
coutumes et traditions judi-
ciaires, 2 vol. in-8°. 12

ÉDOUARD PRAROND.

DIX MOIS DE RÉVOLUTION, 1 vol.
in-32. . . . . 2 75
CONTES, 1 vol. in-8°. . . . . 1 »
UNE RÉVOLUTION CHEZ LES MACA-
QUES, 1 vol. in-18. . . . . 1 »

ALEXANDRE LAYA.

DE LA RÉPUBLIQUE EN FRANCE ET EN
AMÉRIQUE, 1 vol. in-18 anglais. . 3 50

LE VTE JULES DE FRANCHEVILLE.

FOI ET PATRIE, poëmes, 1 vol. in-18
anglais. . . . . 3 »

LOUIS DEPLANQUE.

LA TENUE DES LIVRES EN PARTIE
SIMPLE ET EN PARTIE DOUBLE,
MISE A LA PORTÉE DE TOUTES LES
INTELLIGENCES POUR ÊTRE AP-
PRISE SANS MAÎTRE, 4e édition.
1 vol. in-8°. 7 50

LE PRINCE DE LA MOSKOWA.

DES RÉGENCES EN FRANCE, grand
in-8°. . . . . 2 »

A. FRUELDSON.

NOUVEAU MANUEL DE CONVERSATION
FRANÇAISE ET ANGLAISE, conte-
nant 100 dialogues usuels et fa-
miliers. 1 vol. in-18. . . . . . . 1 50

J. L. MABYRE.

ART DE FRENCH CONVERSATION,
1 vol. in-18 oblong. 1 50

—o◉o—

Brochures diverses.

—o✵o—

LAMARTINE.

DU PROJET DE CONSTITUTION.... » 50
DU DROIT AU TRAVAIL.. . ... » 50
UNE SEULE CHAMBRE. .... » 50
LA PRÉSIDENCE. .... » 50
LETTRE AUX DIX DÉPARTEMENTS. . » 50

THIERS.

DU DROIT AU TRAVAIL......... » 50
DU CRÉDIT FONCIER. .... » 50

LE COMTE DE MONTALIVET.

LE ROI LOUIS-PHILIPPE ET SA LISTE
CIVILE.................. » 50

ÉDOUARD LEMOINE.

ABDICATION DU ROI LOUIS-PHILIPPE,
RACONTÉE PAR LUI-MÊME..... » 50
UNE VISITE AU ROI LOUIS-PHILIPPE. » 50

ÉMILE DE GIRARDIN.

AVANT LA CONSTITUTION. ...... » 50
JOURNAL D'UN JOURNALISTE AU SE-
CRET. .... 1 »

LOUIS BLANC.

LE SOCIALISME, DROIT AU TRAVAIL,
1 vol. .... 1 »
APPEL AUX HONNÊTES GENS, 1 vol. 1 »
LA RÉVOLUTION DE FÉVRIER AU
LUXEMBOURG, 1 vol. .... 1 »

CHARLES DIDIER.

UNE VISITE A M. LE DUC DE BOR-
DEAUX................. 1 »
QUESTION SICILIENNE. .... 1 »

L. VITET.

HISTOIRE FINANCIÈRE DU GOUVER-
NEMENT DE JUILLET........ » 50

BONNAL.

LA FORCE ET L'IDÉE, lettres au général Cavaignac .... 1 »
ABOLITION DU PROLÉTARIAT. .... » 50

BAUDELAIRE DUFAYS.

SALON DE 1846. .... 1 »

LÉON FAUCHER.

DU CRÉDIT FONCIER. .... » 50
DE L'IMPOT SUR LE REVENU..... » 50

D. NISARD.

LES CLASSES MOYENNES EN ANGLE-
TERRE ET LA BOURGEOISIE EN
FRANCE. .... 1 »

HENRI BLAZE DE BURY.

M. LE COMTE DE CHAMBORD, UN MOIS
A VENISE. .... 1 »

GEORGE SAND et V. BORIE.

TRAVAILLEURS ET PROPRIÉTAIRES.. 1 »

DUFAURE.

DU DROIT AU TRAVAIL. .... » 50

L. COUTURE.

DU GOUVERNEMENT HÉRÉDITAIRE
EN FRANCE ET DES TROIS PARTIS
QUI S'Y RATTACHENT........ 1 50

ALEXANDRE DUMAS.

RÉVÉLATIONS SUR L'ARRESTATION
D'ÉMILE THOMAS. .... • » 50

A. PONROY.

LE MARÉCHAL BUGEAUD. .... 1 »

G. BOULLAY.

RÉORGANISATION ADMINISTRATIVE. 1 »

CH. DUPUIS.

PENSÉES D'UN CONSERVATEUR. .... » 50
LA BONNE AVENTURE DE LA FRANCE. » 50

G. CHAUDEY.

DE L'ÉTABLISSEMENT DE LA RÉPU-
BLIQUE................. » 50

UN PAYSAN CHAMPENOIS.

A TIMON, SUR SON PROJET DE CONS-
TITUTION. .... » 50

—o✦o—

LES 52

PAR ÉMILE DE GIRARDIN.

En vente : **13** *numéros. — Prix de chaque numéro :* **50** *c.*

Romans (Format in-8°).

—o☉o—

ALEXANDRE DUMAS.

LE COMTE DE MONTE-CRISTO (2ᵉ édition), 12 vol............	60	»
LES TROIS MOUSQUETAIRES (2ᵉ édition), 8 vol................	40	»
VINGT ANS APRÈS (suite des *Trois Mousquetaires*. — 2ᵉ édition), 8 vol...................	40	»
LA REINE MARGOT (2ᵉ éd.), 6 vol.	30	»
LE VICOMTE DE BRAGELONNE, (complément des Trois Mousquetaires et de Vingt ans après), 26 vol..............	156	»

—

GEORGE SAND.

LA PETITE FADETTE, 2 vol......	12	»
LE CHATEAU DES DÉSERTES, 2 vol.	12	»

—

LOUIS REYBAUD.

JÉROME PATUROT A LA RECHERCHE DE LA MEILLEURE DES RÉPUBLIQUES, 4 vol.	20	»
ÉDOUARD MONGERON, 5 vol......	25	»
LE COQ DU CLOCHER, 2 vol......	10	»
CÉSAR FALEMPIN, 2 vol.........	10	»
PIERRE MOUTON, 2 vol	10	»
LE DERNIER DES COMMIS-VOYAGEURS (épuisé), 2 vol........	»	»
MARIE BRONTIN, 2 vol..........	12	»

—

PROSPER MÉRIMÉE.

CARMEN, 1 vol	6	»

—

JULES SANDEAU.

SACS ET PARCHEMINS, 2 vol.	12	»
MADELEINE, 1 vol..............	6	»
MADEMOISELLE DE LA SEIGLIÈRE, 2 vol......................	12	»
MARIANNA, 2 vol..............	10	»
LE DOCTEUR HERBEAU, 2 vol....	10	»
VAILLANCE ET RICHARD, 1 vol...	5	»
UN HÉRITAGE, 2 vol.............	12	»
LA CHASSE AU ROMAN, 2 vol. ...	12	»

ALPHONSE KARR.

RAOUL DESLOGES, 2 vol........	12	»

—

EUGÈNE SUE.

LA BONNE AVENTURE, 6 vol.	36	»

—

L. VITET.

LES ÉTATS D'ORLÉANS, 1 vol....	6	»

—

JULES JANIN.

LE CHEMIN DE TRAVERSE, 1 vol..	3	50
LA RELIGIEUSE DE TOULOUSE, 2 vol.	12	»
LES GAITÉS CHAMPÊTRES, 2 vol.	12	»
LA VIE LITTÉRAIRE (*sous presse*), 3 vol......................	12	»

—

Mᵐᵉ CHARLES REYBAUD.

GÉRALDINE, 2 vol.............	10	»
LES DEUX MARGUERITE, 2 vol....	12	»
LE CADET DE COLOBRIÈRES, 2 v..	12	»
CLÉMENTINE ET FÉLISE, 4 vol....	24	»

—

EUGÈNE SCRIBE.

MAURICE, 1 vol...............	6	»

—

CHARLES DIDIER.

ROME SOUTERRAINE, 2 vol......	12	»
ROMANS DU MAROC, 4 vol.......	10	»

—

ARSÈNE HOUSSAYE.

MADAME DE FAVIÈRES, 2 vol.....	5	»

EDOUARD CORBIÈRE.

PELAÏO, 2 vol...............	5	»

———

MÉMOIRES DE MADEMOISELLE FLORE, des Variétés, écrits par elle-même (2ᵉ édition), 3 vol..	12	»

Pièces de théâtre diverses.

Belle édition, format in-18 anglais.

F. PONSARD.

LUCRÈCE, trag. en 5 actes, en vers. 1 50
AGNÈS DE MÉRANIE, tragédie en 5 actes , en vers.............. 1 50
CHARLOTTE CORDAY , tragédie en 5 actes, en vers........... 1 50
HORACE ET LYDIE, comédie en 1 acte, en vers................ 1 »

ÉMILE AUGIER.

GABRIELLE, comédie en 5 actes et en vers................... 2 »
LA CIGUE, comédie en 2 actes et en vers.................... 1 50
L'AVENTURIÈRE , comédie en 5 actes et en vers................ 1 50
L'HOMME DE BIEN, comédie en 5 actes et en vers............ 1 50
L'HABIT VERT, proverbe en 1 acte.. 1 »
LA CHASSE AU ROMAN , comédie en 5 actes................. 1 50
SAPHO, opéra en 5 actes. . . . . . . 1 »

Mme ÉMILE DE GIRARDIN.

C'EST LA FAUTE DU MARI, comédie en 1 acte et en vers.............. 1 »

P. J. BARBIER.

UN POÈTE, drame en 5 actes et en vers........................ 2 »
ANDRÉ CHÉNIER, drame en 5 actes et en vers.................. 1 »
L'OMBRE DE MOLIÈRE, à-propos en 1 acte et en vers......... » 75

ADOLPHE DUMAS.

L'ÉCOLE DES FAMILLES, comédie en 5 actes et en vers........... 1

VICTOR SÉJOUR.

LA CHUTE DE SÉJAN, drame en 5 actes et en vers............ 2 »

J. AUTRAN.

LA FILLE D'ESCHYLE, tragédie en 5 actes...................... 1 50

ARMAND BARTHET.

LE MOINEAU DE LESBIE, comédie en un acte et en vers......... 1 »

AUGUSTINE BROHAN.

LES MÉTAMORPHOSES DE L'AMOUR, comédie en un acte et en prose. . . 1 »

EDMOND COTTINET.

L'AVOUÉ PAR AMOUR, comédie en 1 acte et en vers.......... 1 »

Belle édition, format in-18 anglais.

MICHEL CARRÉ.

SCARAMOUCHE ET PASCARIEL, comédie en un acte.............. » 75

MAZÈRES.

LE COLLIER DE PERLES , comédie en 5 actes.................. 1 50

CAMILLE DOUCET.

LES ENNEMIS DE LA MAISON, comédie en 5 actes, en vers........ 1 50

ÉDOUARD FOUSSIER.

HÉRACLITE ET DÉMOCRITE, comédie en 2 actes, en vers.. . . . . . . 1 50

Format in-8° ordinaire.

EUGÈNE SCRIBE.

L'AMBITIEUX, comédie en 5 actes.. » 60
LÉOCADIE, opéra comique en 5 act. 1 »
PARTIE ET REVANCHE, comédie-vaudeville en 1 acte................ 1 »
LE PARRAIN, comédie en 1 acte... 1 »
LE SOLLICITEUR, comédie-vaudeville en 1 acte................ 1 »
LE SOPRANO, comédie-vaudeville en 1 acte.................... 1 »

CASIMIR DELAVIGNE.

LA PRINCESSE AURÉLIE, comédie en 5 actes et en vers............. » 60
LA POPULARITÉ, comédie en 5 actes et en vers.................. » 60

LÉON GOZLAN.

ÈVE, drame en 5 actes.......... 1 »

FERDINAND DUGUÉ.

MONSIEUR PINCHARD, drame en 5 act. 1 »

CHARLES DUVEYRIER.

LE MONOMANE, drame en 5 actes... » 60

MÉRY.

L'UNIVERS ET LA MAISON, comédie en 5 actes et en vers.......... 1 50
LE PAQUEBOT, comédie en 5 actes et en vers.................. 1 »

LATOUR DE SAINT-YBARS.

SUZANNE DE FOIX, tragédie en 5 act. 2 »

Pièces de Théâtre

IMPRIMÉES A 2 COLONNES, FORMAT GRAND IN-8.

VICTOR HUGO.

HERNANI, drame en 5 actes et en vers	» 60	MARIE TUDOR, drame en 5 actes	» 60
MARION DELORME, drame en 5 actes et en vers	» 60	ANGÉLO, drame en 4 actes	» 60
LE ROI S'AMUSE, drame en 5 actes et en vers	» 60	RUY-BLAS, drame en 5 actes et en vers	» 60
LUCRÈCE BORGIA, drame en 5 actes.	» 60	LES BURGRAVES, drame en 3 actes et en vers	» 60
		LA ESMÉRALDA, opéra en 4 actes..	» 60

L'âme en peine, opéra,	1 »	Fra-Diavolo,	» 60	Piquillo, opéra comique	1 »
Aubry le Boucher,	» 60	Les Frères Dondaine,	» 60	Le Poisson d'avril,	» 60
Bonne réputation,	» 60	Le Grand palatin,	» 60	Pré aux Clercs,	» 60
La Carotte d'or,	» 60	La Grisette de qualité,	» 60	Le Premier Chapitre,	» 60
Charles VI, opéra,	1 »	Guillaume Tell, opéra,	1 »	Le Prophète, opéra,	1 »
Comique à la ville,	» 60	Honneur d'une Femme,	» 60	Le Proscrit, opéra,	1 »
La Dame de Pique,	1 »	L'Inconsolable,	» 60	Pupilles de la Garde,	» 60
Les deux Camusot,	» 60	Le Jardin d'Hiver,	1 »	Recherche de l'Inconnu	» 60
1760 ou les 3 Chapeaux	» 60	Jeanne d'Arc, drame,	» 60	La Reine de Chypre,	1 »
Don Juan, opéra,	1 »	Juanita,	» 60	Richard Cœur-de-lion,	» 60
Don Sébastien de Portugal, opéra,	1 »	Karel Dujardin,	» 60	Le Roman comique,	» 60
		Les Libertins de Genève	»	Rocambolle le Bateleur	1 »
Emile ou 6 têtes dans un chapeau,	» 60	Mlle de Mérange,	» 60	La Saint-Sylvestre.	1 »
		La Maîtresse anonyme,	» 60	Le Serpent sous l'herbe	» 60
L'Enfant du Carnaval, (épuisé)	5 »	Mari du bon temps,	» 60	Si jeunesse savait,	2 »
		M. de Maugaillard,	» 60	Suzanne de Croissy,	» 60
L'Enfant Prodigue,	1 »	La Mère de famille,	» 60	Les Travestissements,	1 »
L'Etoile du Berger,	» 60	La Muette de Portici,	1 »	Le Trompette de M. le Prince,	1 »
L'Eunuque.	» 60	Les Nuées,	» 60		
La Femme de mon Mari (épuisée),	2 »	La Peau du Lion,	2 »	Le Val d'Andorre,	1 »
		Philippe 2 roi d'Espagne	» 60	Le vieux Consul,	1 »

Pièces de Théâtre

IMPRIMÉES DANS LE FORMAT IN-OCTAVO ORDINAIRE.

Alexis, ou l'Erreur d'un bon Père,	1 »	Gibby la Cornemuse,	1 50	Les Noces de Gamache	» 60
André le Chansonnier,	1 »	Iphigénie en Tauride,	1 »	Palma,	1 »
Belle-Mère et le Gendre	» 60	Locataires et portiers,	1 »	Robert Bruce, drame,	1 »
Ce qu'une Femme veut,	1 »	Le Modèle,	» 60	Santeul, ou le Chanoine au cabaret,	1 50
Cléopâtre,	2 »	Les Monténégrins,	2 »	La Servante justifiée, ballet,	1 »
La Clef dans le dos,	1 »	La Mort de Strafford,	1 50		
Un Docteur en herbe,	1 »	Les Mousquetaires de la Reine,	1 50	Vieillesse de Richelieu	1 50

BIBLIOTHÈQUE DRAMATIQUE

–o🙂o–

Choix de pièces nouvelles jouées sur les théâtres de Paris, imprimées dans le format in-18 anglais.

LA BIBLIOTHÈQUE DRAMATIQUE publie exclusivement toutes les œuvres théâtrales nouvelles de MM. Alexandre Dumas, Bayard, Anicet-Bourgeois, Dumanoir, Lockroy, Mélesville, Frédéric Soulié et Eugène Süe, qui se sont engagés également pour leurs collaborateurs, et les œuvres choisies des meilleurs auteurs dramatiques.

Il paraît trois ou quatre pièces par mois. —Quatre volumes par an — Prix de chaque volume, 5 francs.— Chaque volume et chaque pièce se vendent séparément.— Le tome XXXV est en vente.

————

BIBLIOTHÈQUE DRAMATIQUE.

-o◉o-

BIBLIOTHÈQUE DRAMATIQUE.

-o◉o-

www.ingramcontent.com/pod-product-compliance
Lightning Source LLC
Chambersburg PA
CBHW071821020726
47502CB00004B/1189